JOHN SINCLAIR

chasseur de

SPECTRES

224 LA BARQUE DES MORTS
225 LES PILLEURS DE TOMBES
226 LE TRÉSOR DES DRUIDES
227 ZOMBIES SUR LA PLACE ROUGE
228 NOCES D'HORREUR
229 DESTÉRO, LE BOURREAU DU DIABLE
230 LA DÉESSE DE LA MORT
231 LES YEUX DU BOUDDHA D'OR
232 LA DISCOTHÈQUE DU VAMPIRE
233 GOULES A MANHATTAN
234 VAMPIRES EN PIRE
235 LES ROBOTS DE SATAN
236 L'ENVOÛTEMENT BARBARE
237 LE GLAS DE L'ÉPOUVANTE
238 LE VAISSEAU DES SORCIÈRES
239 SANGLANTES RETROUVAILLES

JASON DARK

Sanglantes retrouvailles

Traduit de l'allemand
par Alain Royer

JOHN SINCLAIR
chasseur de
SPECTRES

HAUTE TENSION

L'édition originale de ce roman a été publiée sous le titre :

TÖDLICHER VATERLAG

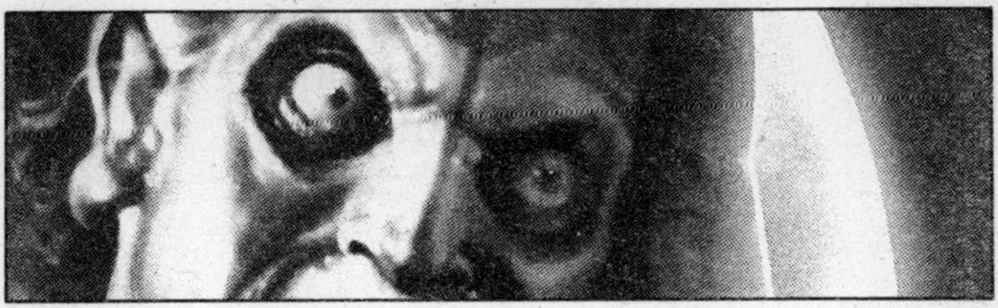

CHAPITRE 1

Elle s'appelait Evelyn Binussek. Assise en face de moi dans mon bureau de Scotland Yard, elle me considérait d'un air à la fois craintif et sceptique.

« J'aimerais une réponse franche, monsieur Sinclair, insista-t-elle.

— Je ferai de mon mieux. Je sais ce que coûte le genre de démarche que vous effectuez. »

Elle hocha la tête en signe d'assentiment et serra entre ses mains la tasse de café que ma secrétaire, Glenda Perkins, venait de lui apporter. Mme Binussek avait demandé à me voir en tête à tête, aussi avais-je prié Pang Lim d'aller faire un tour aux archives.

Elle reposa la tasse et prit une profonde inspiration. Je compris qu'elle était prête à parler, ce qu'elle fit en effet sans tarder.

« Croyez-vous aux revenants, monsieur Sinclair ? »

Cette question me prit au dépourvu et j'allumai une cigarette pour gagner du temps. Il pleuvait et mon humeur était aussi morose que le ciel.

« Vous avez perdu l'usage de la parole ? demanda-t-elle.

— Non, pourquoi ?

— Alors, répondez-moi !

— Écoutez, vous ne donnez pas l'impression d'une femme obsédée par le surnaturel... Les morts-vivants sont...

— Vous pouvez prononcer le mot "zombis". Que cela ne vous empêche pas de répondre à ma question.

— Chère madame Binussek, si vous entendez le retour des morts au sens chrétien du terme, je... »

Elle me coupa la parole avec un geste agacé.

« Ce n'est pas de métaphysique que je vous parle, mais de revenants, de ces créatures atroces qu'on voit dans les films d'horreur...

— Oui, concédai-je. Les zombis. Ça existe. »

Elle ne broncha pas et me fixa droit dans les yeux, mais j'eus l'impression qu'elle avait pâli, ce qui faisait ressortir ses taches de rousseur. Evelyn Binussek avait la quarantaine bien conservée, des cheveux coupés court, légèrement bouclés. Ses yeux sombres et ses pommettes hautes lui donnaient un air un peu hiératique. Elle portait un pull-over noir, une jupe à carreaux, et des bottes encore humides.

« Puis-je avoir une cigarette ? me demanda-t-elle.

— Bien sûr », répondis-je en lui tendant mon paquet.

Elle tira une bouffée, puis avoua avec un soulagement non dissimulé :

« Je suis contente de voir que vous ne m'éclatez pas de rire au nez.

— Vous deviez bien vous en douter en vous adressant à moi. Venons-en donc au fait, madame Binussek : dans quelle circonstance avez-vous vu un mort-vivant ?

— Je ne l'ai pas vu, je l'ai entendu seulement... Et ça s'est passé de la même façon pour deux de mes amies.

— Un zombi vous a parlé ?

— Oui, répondit-elle, et sa voix monta d'un ton. Et ce n'était pas n'importe quel zombi, monsieur Sinclair, mais mon propre mari, Claus...

— Il est décédé ?

— Oui. »

Je fronçai le sourcil. Impossible de battre en retraite. Je n'avais plus que deux solutions : ou la prendre pour une hystérique et lui conseiller gentiment d'aller se faire soigner. Ou la croire et m'intéresser à son cas. Le fait est qu'elle me paraissait plutôt raisonnable. Depuis le début de notre entretien, elle n'avait à aucun moment perdu son calme.

« Ainsi donc, votre mari est entré en contact avec vous ?

— Oui, c'était lui, j'en suis certaine.

— Mais en avez-vous une preuve ? »

Elle me jeta un regard peu amène, puis se baissa pour ramasser son sac qu'elle avait posé au pied du bureau.

« Oui, monsieur Sinclair. Je peux le prouver. J'ai enregistré sa voix, dit-elle en sortant une cassette de son sac. Avez-vous un magnétophone ?

— Quand cela s'est-il passé ?

— Il y a trois jours. »

J'ouvris un tiroir de mon bureau et récupérai mon magnétophone de poche, dans lequel j'introduisis la cassette.

« Elle était vierge, me précisa madame Binussek. Il n'y a que la voix de mon mari dessus. »

Le visage de la jeune femme se tendit. Quelques gouttes de sueur perlèrent à son front tandis qu'elle fixait l'appareil d'un œil à la fois agressif et inquiet. Tout d'abord nous n'entendîmes qu'un léger souffle. Puis, tout à coup, des lamentations caverneuses, suivies d'une sorte de grognement ou de rire étouffé et grinçant. Je reconnus bien là la façon qu'avaient les zombis de terrifier leurs victimes.

« Il va parler ! souffla Evelyn Binussek en serrant si fort son sac que ses phalanges blanchirent.

— Hello Evelyn ! lança le magnétophone.

— C'est lui, monsieur Sinclair ! »

La voix était rauque et sourde. Je regardai la jeune femme ; des larmes embuaient son regard.

« Alors, Evelyn, étonnée de m'entendre, chérie ? poursuivit la voix. Evelyn, si je te parle, c'est parce que je ne suis pas mort ! Je vais revenir ! Je serai là pour la fête des pères. Et pas tout seul, ma chérie... Tu vas être contente de me revoir, n'est-ce pas ? Tu m'aimes, hein ?... Si tu savais comme je suis heureux de pouvoir bientôt te serrer dans mes bras, me réchauffer à ta chaleur, moi, ton mari, moi qui suis devenu un zombi. L'amour peut déplacer les montagnes, c'est toi qui disais ça, tu te rappelles ? Il peut aussi franchir les frontières et vaincre la mort... Chère Evelyn, tu as toujours su me comprendre, je sais que tu m'accueilleras avec joie. Ah ! ce sera...

— Coupez, monsieur Sinclair, coupez, je vous en prie ! » s'écria Mme Binussek en me suppliant du regard.

J'appuyai sur la touche "arrêt" au moment où le zombi éclatait d'un rire sinistre.

« Voulez-vous un whisky ? demandai-je.

— Oui, s'il vous plaît. »

J'allai chercher une bouteille et deux verres, et lui servis une double dose. Elle prit le verre d'une main tremblante et le porta à ses lèvres. Son visage avait la couleur de la cendre.

« Reconnaissez-vous formellement votre mari ?

— Oui, sans le moindre doute.

— Et vous ne pensez pas qu'il ait pu enregistrer ce texte avant sa mort, pour faire une mauvaise plaisanterie posthume...

— Non. C'est impossible. J'ai acheté cette cassette il y a moins de deux semaines, pour mes enfants. Je vous jure qu'elle n'est pas trafiquée. D'ailleurs, pourquoi aurais-je fait cela ?

— Bien entendu, ai-je admis en souriant pour l'encourager. Donc, votre mari serait de retour de l'au-delà sous la forme d'un zombi...

— Et pas tout seul, monsieur Sinclair. Vous l'avez entendu comme moi. Ils seront trois...

— Trois ? Comment...

— Oh ! c'est simple. Jérôme, Eric et Claus formaient une bande de copains. Claus et moi sommes anglais, même si notre nom ne l'est pas. Sylvie et Jérôme Woeber sont belges, Brigitte et Eric Buchwald, allemands.

— Et vos maris se voyaient souvent ?

— Oui. Ils s'étaient connus étudiants et étaient toujours restés en relations. Chaque année, ils passaient ensemble la fête des pères.

C'était "leur" jour... » Evelyn Binussek serra les mains et poursuivit, d'une voix altérée : « La fête des pères est désormais un jour sinistre pour moi. C'est ce jour-là qu'ils sont morts tous les trois, l'an dernier.

— Ensemble ?

— Oui. Et les circonstances de leur mort n'ont jamais été vraiment éclaircies... Ils s'étaient donné rendez-vous en Suisse et on les a retrouvés dans la montagne, non loin d'une cascade près de laquelle ils avaient décidé de pique-niquer. Etouffés, tous les trois, le visage bleu, la langue noire et gonflée... » Evelyn Binussek éclata brusquement en sanglots puis reprit, les yeux noyés de larmes : « Nous les avons enterrés en Suisse. Je crois que c'est ce qu'ils auraient souhaité. Ils aimaient tellement ce pays.

— Où cela s'est-il passé exactement ?

— Près d'un petit village du nom de Kandersteg, qui est assez connu à cause de la proximité du tunnel de Lötsch, à la frontière du canton de Wallis. On ne peut pas aller plus loin en voiture ; on franchit le tunnel en la mettant sur un train qui vous conduit à Goppenstein. C'est un endroit merveilleux et c'est là que reposent nos maris... Enfin, que reposaient, soupira Evelyn dont les yeux s'agrandirent de terreur. Car ils veulent revenir... Vous avez entendu Claus... Ils veulent revenir réchauffer leur cadavre dans nos bras... C'est horrible. »

Je me passai la main dans les cheveux, quelque peu dérouté.

« Oui, avouai-je. Pardonnez-moi, mais je dois néanmoins vous poser d'autres questions afin de mesurer l'ampleur du danger.

— Je vous en prie.

— Avaient-ils eu l'un ou l'autre des rapports avec la magie noire ?

— Que voulez-vous dire ?

— Croyaient-ils aux forces sataniques ? Auraient-ils pu passer un pacte avec le Diable ?

— Non ! Qu'allez-vous imaginer ! s'écria-t-elle en secouant la tête avec énergie. C'est impossible. Je connaissais bien mon mari. Jamais une telle idée ne lui aurait traversé l'esprit.

— Et ses amis ?

— Non, non. Ils étaient tous les trois croyants sans être pratiquants, et ne s'intéressaient ni de près ni de loin à la magie.

— Bien, bien, fis-je battant en retraite. Posons autrement la question. Que feriez-vous si votre mari revenait effectivement sous la forme d'un zombi, madame Binussek ?

— Je ne sais pas. Je ne suis pas la seule menacée. Sylvie Woeber et Brigitte Buchwald le sont aussi. Leurs maris ne se sont pas manifestés, mais elles sont inquiètes.

— Comptez-vous vous rendre à Kandersteg ?

— Oui, et je voulais vous demander de m'accompagner.

— C'est ce que j'étais en train de me dire,

avouai-je avec un sourire. Mais, si vous le permettez, pourquoi vous être adressée à moi ?

— J'ai vu plusieurs fois votre nom cité dans les journaux à propos d'affaires semblables.

— Bon. J'avertis mon chef et, s'il me laisse partir, comme je le crois, je vous accompagne. »

Un intense soulagement illumina le visage de la jeune veuve.

« Je n'oublierai jamais votre geste ! s'écria-t-elle.

— Je vous en prie. Après tout, je ne fais que mon métier. Il nous reste peu de temps d'ici la fête des pères. Le mieux serait de nous retrouver avec vos amies à Kandersteg ce jour-là. Mais, de grâce, laissez toutes les trois vos enfants à la maison... »

Elle hocha la tête.

« Naturellement. Quand comptez-vous partir ?

— Je ne sais pas encore.

— J'ai rendez-vous avec Sylvie et Brigitte à Zürich.

— Où descendrez-vous à Kandersteg ?

— Au *Royal Gemmi.* C'est dans cet hôtel qu'étaient descendus nos maris. Un établissement magnifique, situé dans un endroit de rêve, au fond d'un jardin... » Elle s'interrompit, sur le point de fondre en larmes, mais elle parvint à se dominer et soupira : « Enfin, cette époque est révolue...

— Puis-je vous joindre dans le courant de la journée ? demandai-je.

— Évidemment, répondit-elle en me tendant sa carte. Et encore merci, monsieur Sinclair. Je vais tout de suite téléphoner à mes amies... »

Je la raccompagnai jusqu'à l'ascenseur et pris congé en lui promettant de faire tout mon possible pour l'aider. Lorsque les portes coulissantes se furent refermées sur son visage bouleversé, je restai quelques secondes immobile et songeur. Cette histoire ne me disait rien qui vaille. Evelyn Binussek n'était pas femme à avoir tout inventé et je connaissais trop la cruauté des zombis pour ne pas redouter le pire...

Je regagnai mon bureau à pas lents et m'arrêtai dans celui de ma secrétaire, Glenda.

« Cette femme m'a paru bien éprouvée, remarqua-t-elle.

— Il y a de quoi, dis-je en acceptant la tasse de café qu'elle me tendait.

— Tu ne veux pas me raconter ?

— Si, si... »

Je la mis au courant en quelques mots et la vis pâlir au fil de mon récit.

« Tu comptes aller en Suisse ?

— Je le lui ai plus ou moins promis. Imagine les ravages provoqués par trois zombis lâchés dans un endroit truffé de touristes. Tu sais de quoi ces monstres sont capables.

— Tu y vas seul ?

— Il faut que j'en parle avec Sir James. Je ne sais pas si Pang Lim sera ou non de la partie... »

Le Chinois entra à cet instant précis.

« On parle de moi ? plaisanta-t-il. En bien, j'espère.

— Comme toujours ! »

Je le mis rapidement au courant. Il siffla doucement quand j'eus terminé.

« Je n'ai rien contre l'idée d'aller faire un tour à Kandersteg... »

Le téléphone sonna. Glenda décrocha puis se tourna vers nous en répondant :

« Oui, monsieur, ils sont là tous les deux. Bien... Au revoir, monsieur ! » Elle ajouta à notre adresse : « Il vous attend dans son bureau.

— Comment était-il ?

— Grognon.

— Alors je crains que ma balade en Suisse ne soit compromise », soupira Pang Lim.

Son pressentiment se révéla exact. Sir James fronça les sourcils lorsqu'il devina mon projet.

« Si vous devez aller en Suisse, vous irez seul, mon cher John, bougonna-t-il.

— Je peux savoir pourquoi ? hasarda Pang Lim.

— Parce que je ne tiens pas à avoir de nouveau des histoires avec nos services comptables ! tonna Sir James. Ce matin encore, j'ai reçu une note me faisant remarquer que nous dépensions trop d'argent.

— Quoi ? Notre département ?

— Non, pas nous spécialement. Mais Scotland Yard dans son ensemble doit faire des économies. Vous savez ce que ça veut dire une politique d'austérité ?

— Ça veut dire que je n'irai pas en Suisse, se lamenta Pang Lim.

— Il faut bien commencer par quelqu'un. Alors, John, vous êtes réellement convaincu qu'il y a anguille sous roche ?

— J'ai écouté cette bande magnétique, monsieur, et elle n'est pas trafiquée.

— Donc vous croyez Mme Binussek ?

— Croire ne veut pas dire être sûr...

— Bon, bon, grommela Sir James. Allez en Suisse, John, et vous, Pang Lim, gardez la baraque. »

Et il nous congédia d'un signe de la main.

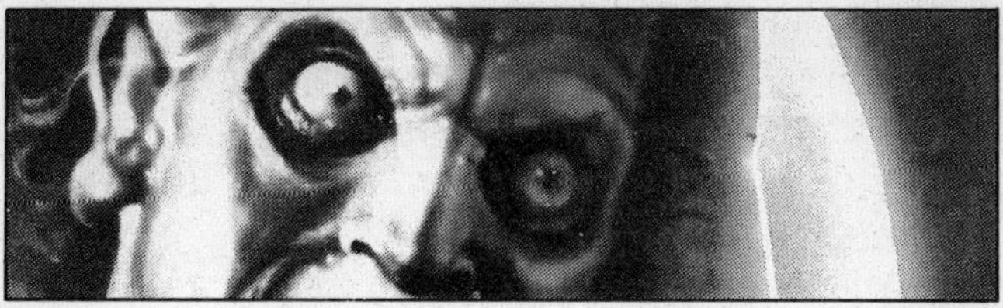

CHAPITRE 2

A 1 100 mètres d'altitude, la neige n'avait presque pas fondu, ce qui me permit de découvrir Kandersteg tel que devaient l'apprécier les amateurs de sports d'hiver.

L'endroit était calme et accueillant. Ici, pas d'hôtels au luxe tapageur, mais de petits établissements où le client est roi. La route qui mène au tunnel de Lötsch et permet d'atteindre le canton de Wallis contourne le village, évitant les désagréments d'un trafic relativement intense.

Cependant, on trouve tout à Kandersteg : boutiques, restaurants, magasins de souvenirs, cafés et même deux téléphériques, l'un qui conduit au lac d'Oeschinen, l'autre au col de Gemmi.

Sur le versant sud, la neige avait laissé place à quelques fleurs timides annonçant le printemps. C'était sans doute pour cette raison que de nombreux hôtels saisonniers avaient déjà fermé leurs portes. Certains rouvriraient pour l'été.

Les journées étaient encore courtes et le soir tombait lorsque j'arrivai à Kandersteg. Les rues se vidaient et je compris que la vie nocturne n'était pas le genre de l'endroit. On y venait pour se reposer.

La gare était déserte et une fois sorties les quelques personnes descendues du train en même temps que moi, l'employé alla reprendre son somme derrière son guichet. Qui aurait pu supposer que ces lieux paisibles allaient bientôt basculer dans un cauchemar abominable.

Et pourtant...

Si on avait interrogé les habitants, pas un n'aurait accepté de croire aux zombis, ni au monde du surnaturel... d'une manière générale. Bien sûr, tout le monde était au courant de ce que rapportaient quelques vieillards du coin : le percement du tunnel de Lötsch n'avait pas été sans problèmes. Il y avait eu à l'époque des accidents étranges, mais la rumeur s'en était déjà bien assourdie...

Je levai les yeux vers les sommets culminant à plus de 3 000 mètres et je ne pus réprimer un frisson. Il me sembla que l'horreur s'amassait lentement au-dessus de ce village presque trop paisible pour ne pas cacher un terrifiant secret. Certes, l'heure n'était pas encore venue, mais pour quelqu'un comme moi, il y avait dans l'air quelque chose de presque palpable...

Le cimetière lui aussi était calme, et ce jeune garçon qui en longeait le mur pour gagner l'auberge de jeunesse ne pouvait se douter de rien.

Le bruit de ses pas décrut et la nuit acheva d'envelopper les tombes à l'abri du clocher.

Toutes étaient entretenues avec soin. Le culte des morts était ici une tradition bien ancrée. Presque chaque semaine, les familles venaient changer les fleurs sur les tombes de leurs proches.

Trois d'entre elles, cependant, souffraient d'un relatif abandon. Situées un peu à l'écart, la végétation les avait peu à peu recouvertes. Mais en se penchant sur les pierres tombales, on pouvait néanmoins lire les trois noms :

Claus Binussek, Jérôme Woeber, Eric Buchwald.

Trois noms, trois destins, dont les habitants de Kandersteg ne parlaient qu'avec réticence. La mort atroce de ces hommes cadrait mal avec l'image de sérénité de ce coin de montagne. Et puis, ils étaient morts le jour de la fête des pères, dans des conditions jamais élucidées.

Un mystère planait sur ces disparitions, un mystère que nul ici ne se montrait très désireux de percer. Mais la terre, malheureusement, ne garde pas toujours en son sein ceux qu'on y dépose. Certaines forces maléfiques lui en arrachent quelques-uns et les ramènent à la surface pour accomplir leurs cruels desseins.

Et ces trois disparus avaient été choisis pour venir hanter le monde des vivants.

L'heure avait sonné. La vieille malédiction allait enfin se réaliser par l'intermédiaire de ces trois étrangers...

Un oiseau s'envola. Réveillé soudain par l'esprit du mal qui rôdait dans le cimetière, il s'enfuit à tire-d'aile. La créature surnaturelle étendait peu à peu son ombre sur les lieux sans rencontrer la moindre résistance...

La lune se leva, éclairant les pierres tombales d'une lumière froide en étrange harmonie avec les événements sinistres qui se préparaient. Une bourrasque balaya le cimetière ; alors, cela se produisit.

La pierre tombale d'Eric Buchwald se souleva lentement, comme poussée par des mains invisibles. Mais non, l'effort venait de dessous.

La pierre retomba lourdement et resta quelques secondes immobile. On aurait pu croire à une hallucination.

Moins d'une minute plus tard, elle se souleva

de nouveau et, cette fois, hésita quelques secondes avant de basculer et d'écraser l'herbe haute autour de la tombe. Les vers et les cafards qui y avaient élu domicile se hâtèrent de chercher un autre abri. Le rectangle de terre meuble que la pierre avait découvert fut brusquement remué par quelque chose qui tentait de remonter à la surface.

Une main apparut.

Une main blafarde aux longs doigts décharnés qui luisaient sous la lune... La main d'un cadavre. Elle demeura quelques instants les doigts largement écartés, paume tournée vers le ciel, puis les phalanges remuèrent comme si le mort-vivant voulait vérifier la souplesse de ses articulations.

Puis ce fut tout l'avant-bras. Un membre à demi décharné, dont la peau brune, et comme tannée, laissait saillir les os.

Un zombi quittait sa tombe.

La tête, puis les épaules surgirent ensuite. Un crâne de cauchemar, d'une maigreur extrême, et souillé de terre. Les forces magiques qui savaient conserver leur corps aux zombis en les préservant de la décomposition ne pouvaient leur rendre complètement la vie. Cadavres ils étaient, cadavres ils resteraient, même si, animés d'un souffle maléfique, ils se déplaçaient pour semer la terreur.

Lorsqu'il eut émergé jusqu'à la taille, le

monstre secoua la tête et essuya d'un geste maladroit la terre collée à son visage.

Puis l'être immonde prit appui sur ses mains pour dégager ses hanches et ses jambes de la gangue de terre qui le retenait encore prisonnier.

Il n'y parvint pas du premier coup, et le sol spongieux parut vouloir l'aspirer de nouveau. A la troisième tentative, il finit par s'en extraire.

Le monstre était enfin libre !

Il ouvrit la bouche et son premier cri déchira la paix du cimetière. Seul le silence lui répondit. Le zombi inspecta les tombes autour de lui et une expression de joie sauvage éclaira son visage.

Il était libre ! Libre de nuire à quiconque croiserait sa route, libre de provoquer détresse et horreur sur son passage...

Le monstre demeura quelques instants assis dans l'herbe, comme s'il réfléchissait à ce qu'il allait faire, puis il se redressa. Encore mal assuré sur ses jambes, il avança de quelques pas en direction du mur.

Il trébucha, tomba, se remit debout, prenant peu à peu de l'assurance. Les forces maléfiques qui l'avaient ramené à la surface de la terre lui insufflaient lentement l'énergie destructrice qui lui permettrait de mener à bien sa mission de mort.

L'astre de nuit éclairait toujours le cimetière et les yeux du mort-vivant parurent chercher autour de lui. Deux pierres tombales commencèrent à bouger à ses pieds et le même phénomène se reproduisit.

Deux nouveaux corps sortirent de terre.

Deux autres zombis, Claus Binussek et Jérôme Woeber. Des trois ressuscités pour le plus grand malheur des hommes, Claus Binussek avait été choisi par les forces du Mal pour être le chef.

Il était brun, contrairement à ses compagnons, mais tous étaient si maculés de terre que rien, dans un premier temps, ne les distinguait l'un de l'autre.

Un sourire sardonique flottait sur les lèvres de Claus Binussek tandis qu'il se dressait, silhouette redoutable, dans la lueur blême des rayons de lune. Il se dirigea d'un pas chancelant vers le mur du cimetière. Parvenu devant l'obstacle, il s'arrêta et attendit.

Jérôme Woeber, le Belge, semblait en effet éprouver quelque difficulté à quitter sa tombe. Mais aucun des deux autres ne lui vint en aide. Il eut toutes les peines du monde à s'extirper de la fange, et demeura un long moment allongé sur le ventre, totalement épuisé, comme un homme qui vient de s'arracher d'extrême justesse à des sables mouvants.

Puis il se retourna sur le dos et offrit son visage à la lune. Elle seule pouvait lui conférer le surplus d'énergie qui lui permettrait de suivre ses compagnons dans leur périple infernal.

Il parvint enfin à s'asseoir, puis à se lever.

Chacun de ses gestes lui coûtait une peine infinie. Néanmoins, il gagna à son tour le mur du cimetière.

Les regards des trois monstres se croisèrent.

Vivants, ils avaient été inséparables, morts ils le resteraient — pour une raison qui leur eût fait dresser les cheveux sur la tête du temps où ils étaient des hommes.

Jérôme Woeber était barbu, et portait comme les autres un suaire déchiré et maculé de boue. Une force maléfique les guidait tous les trois, pauvres pantins aux yeux vides lancés parmi les vivants pour semer la terreur.

Eric Buchwald prit la tête du groupe. Il gagna un coin du cimetière où le mur formait un angle, et qu'un tertre permettait de franchir plus aisément à cet endroit.

Non sans mal, le zombi parvint à se rétablir sur le faîte du mur, puis il se retourna vers ses compagnons qui paraissaient attendre un signal.

Le zombi émit une sorte de grognement avant de sauter sur le trottoir où il tomba lourdement. Incapable d'encaisser le choc, il roula sur le sol sans se protéger la tête. Celle-ci heurta violemment l'asphalte, mais les zombis ignorent la douleur, et il se releva comme si de rien n'était.

Une longue rue déserte aux fenêtres aveugles s'étendait devant lui. Les quelques rares villageois encore installés devant leur téléviseur ne se préoccupaient pas de ce qui se passait du côté du cimetière.

Eric Buchwald frappa dans ses mains.

C'était le signal indiquant que la voie était libre.

Ses deux complices franchirent l'obstacle à leur tour. Jérôme Woeber bascula la tête la première et s'écrasa sur le sol. Lorsqu'il se redressa, il avait le nez cassé, mais aucune trace de sang ne souillait son visage.

De même qu'ils ignorent la douleur, les zombis ne saignent plus. On ne peut ni les intimider ni les blesser. On ne détourne pas un zombi de sa route ; il faut le détruire ou être détruit par lui.

Les trois monstres se regroupèrent et inspectèrent les alentours. Les maisons du village se serraient les unes contre les autres, inconscientes du danger.

D'ailleurs, l'attaque n'était pas prévue pour ce soir-là.

Les zombis devraient attendre la nuit prochaine et se cacher une journée entière.

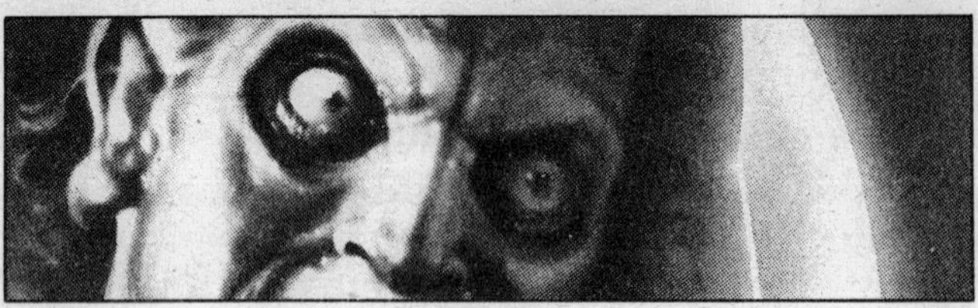

CHAPITRE 3

Quand on apercevait la cabane accrochée à flanc de montagne, on se demandait comment les bourrasques hivernales ne l'avaient pas encore balayée dans la vallée.

Construite en rondins, elle avait pourtant résisté à toutes les intempéries, servi de refuge d'hiver et d'abri aux bergers l'été. A l'intersaison, l'endroit n'était fréquenté que par quelques promeneurs égarés ou surpris par l'orage.

Seuls les aboiements des chiens en provenance d'un élevage de saint-bernard situé non loin de là troublaient le silence impressionnant de la montagne.

Mais cette nuit-là, les chiens dormaient et on pouvait entendre le grondement du torrent grossi par la fonte des neiges.

Les zombis empruntèrent le chemin qui conduisait à la cabane en pataugeant dans la neige encore épaisse. Ils tombaient, se relevaient, insensibles au froid et au vent. Le promeneur attardé qui les aurait aperçus, avançant pieds nus et vêtus de leur linceul, aurait sûrement senti ses cheveux se dresser sur sa tête. N'ayant toujours pas échangé une seule parole depuis qu'ils étaient sortis de leur tombe, ils marchaient de concert vers la hutte isolée.

Ils la connaissaient bien. Pendant des années, elle avait servi de point de départ à leurs excursions. C'était une construction sommaire, dont le seul confort était un peu de paille répandue sur le sol et faisant office de matelas ou de litière, selon l'occupant. A vrai dire, il arrivait aux jeunes gens du village de s'y donner rendez-vous la nuit.

Cette nuit-là, justement, la cabane était occupée. La jeune fille s'appelait Marie. Elle travaillait comme stagiaire dans un hôtel de Kandersteg ; le garçon achevait ses études à Berne.

Ils se retrouvaient tous les vendredis, mais comme le patron de Marie était aussi puritain que les parents du jeune homme, la cabane leur offrait un asile romantique et qui les amusait beaucoup. Ils emportaient une épaisse couverture pour se protéger du froid et trouvaient la paille suffisamment moelleuse à leur goût.

Comme il n'y avait pas d'électricité, le garçon, Christian Rügel, se munissait toujours d'une lampe de poche.

Ils venaient de faire l'amour et se tenaient, heureux et apaisés, couchés l'un près de l'autre sous la couverture, ignorant le froid et le vent qui fouettait les murs de rondins. Ils vidaient à petites lampées la bouteille d'alcool de prune que Christian avait apportée avec lui, ce qui ajoutait encore à leur douce euphorie. Personne ne viendrait les déranger, car les autres jeunes du village savaient que la cabane leur appartenait chaque vendredi soir.

Tout à coup, Marie éclata de rire.

« Que se passe-t-il ? demanda son compagnon.

— Je pensais à la tête de mon patron s'il nous trouvait ici. Il piquerait une de ces crises !

— Il s'imagine que tu lui appartiens, ma parole ! s'insurgea Christian.

— Non, mais c'est un vrai père-la-pudeur... Enfin, à Kandersteg, en tout cas. Je ne l'ai jamais suivi quand il va à Zürich.

— Tu en aurais peut-être appris de belles.

— Ah ! bon ? Tu l'y as rencontré, toi ?

— Une fois, oui, par hasard.

— Et alors ? Tu l'as suivi ? insista Marie.

— Mais non, tu es folle...

— Oui, de toi !

— Et moi de toi ! » chuchota Christian en étreignant la jeune fille. Il récupéra la lampe électrique et l'alluma.

« Non, non ! protesta Marie. Pas avec la lumière !

— Pourquoi ? J'ai pas le droit de voir ?

— Si, si, mais...

— Écoute, fais pas l'idiote. Tu n'es plus une petite fille et quand on est jolie comme tu l'es... »

Ce disant, le garçon éclairait le visage de sa compagne qui clignait des yeux en riant et tentait de se cacher sous la couverture. Mais Christian arracha celle-ci d'un geste vif et se serra contre Marie qui chuchota dans un baiser :

« De nouveau en forme ?

— Et comment ! murmura-t-il en lui mordillant l'oreille. Tu veux que je te le prouve ? »

Marie ne répondit pas, mais de sa langue elle chercha celle du garçon qui bascula sur elle.

Bientôt, on n'entendit plus que leurs souffles courts et le froissement de la paille.

Les zombis continuaient d'avancer. Même s'il leur arrivait de progresser par endroits à quatre pattes, ils ne perdaient pas de vue leur but : cette petite hutte perdue à flanc de montagne. Quelques souvenirs de leur existence passée persistaient, notamment la nécessité de se vêtir. Il leur faudrait se procurer des vêtements. N'importe quoi, mais ils ne pouvaient pas rester dans ces linceuls déchirés.

La porte de la cabane n'était pas très haute et frottait sur le sol quand on l'ouvrait.

« Oui, oui, viens, je t'en prie ! » s'écriait Marie à cet instant en serrant son amant contre elle.

Éperdue de bonheur, elle sentait le plaisir la submerger. Christian lui aussi éprouvait cette excitation presque douloureuse qui précède l'abandon.

Mais soudain un bruit étrange l'alerta.

Il n'avait pas qu'une seule petite amie. Il fréquentait une jeune fille à Berne, mais vivait chez une logeuse sadique qui venait toujours frapper à la porte au moment où il ne le fallait pas. Aussi avait-il pris l'habitude de réagir au quart de tour lorsqu'un bruit inhabituel venait troubler ses moments d'intimité avec une fille.

Marie n'avait rien entendu et ne comprit pas pourquoi le garçon se raidissait tout à coup dans ses bras.

« Non, non, gémit-elle. Ne pars pas, pas encore.

— Il se passe quelque chose de bizarre.

— Quoi ? Où ? demanda-t-elle alertée à son tour.

— Dehors.

— Une bête ?

— Je préférerais, soupira Christian. Mais c'est un être humain...

— Mon patron ! Il nous a suivis...

— Marie, ne recommence pas... Habille-toi, chérie, vite ! »

Il éteignit la lampe sans écouter les protestations de Marie qui ne trouvait plus ses vêtements. Lui aussi eut du mal à s'habiller, mais il y parvint finalement sans quitter la porte des yeux. Elle fermait mal et le garçon qui avait de bons yeux distinguait le rai de lumière entre l'huis et le chambranle.

Tout à coup, il crut entrevoir une ombre. Mais il pensa s'être trompé, car personne n'ouvrit ni ne frappa.

« Tu es prête ? souffla-t-il, brusquement inquiet.

— Oui, juste mes chaussures.

— Vite, on file !

— Où ?

— On verra. »

Il se dirigea vers la porte. Marie se hâta d'enfiler ses chaussures et s'apprêtait à le suivre lorsqu'elle le vit faire demi-tour et avancer vers un coin obscur.

Christian empoigna une hache de bûcheron.

« Au cas où on ne nous voudrait pas que du bien ! murmura-t-il d'une voix sourde.

— Tu es fou ! Je...

— Chut ! lança le garçon l'index posé sur ses lèvres. Plus un mot...

— Mais...

— Bon sang, tu vas te taire ! »

Christian gagna de nouveau la porte et écouta

attentivement avant d'avancer la main pour tirer le battant. C'est alors qu'il comprit qu'il ne s'agissait pas d'un intrus, mais de plusieurs.

« Reste tranquille, souffla-t-il à Marie.

— Oui, oui », murmura la jeune fille en serrant les poings.

La peur l'envahissait lentement, en même temps que le froid lui tombait dessus.

Christian tendit de nouveau l'oreille.

Quelques secondes s'écoulèrent, interminables.

Le garçon pivota sur lui-même, tourna le dos à la porte et replia le genou. Puis il lança une violente ruade.

La porte s'ouvrit à toute volée.

L'homme qui se tenait derrière la prit en pleine figure et poussa un hurlement en basculant en arrière.

Seul, Christian aurait aussitôt bondi dehors, mais il pensa à sa compagne et se tourna vers elle :

« Ne traîne pas, nom d'un chien ! »

Il s'empara de la main de Marie et l'entraîna vers le seuil.

C'est alors qu'une nouvelle ombre se dessina dans l'encadrement.

Claus Binussek avait enjambé le corps d'Eric Buchwald et fixait les deux jeunes gens de ses yeux morts.

Christian et Marie sentirent le sang se glacer dans leurs veines.

C'était la première fois qu'ils voyaient un zombi.

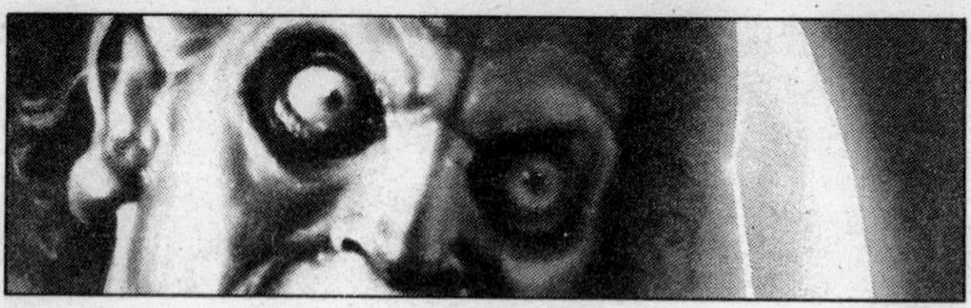

CHAPITRE 4

Ils ne comprirent pas tout de suite de quoi il s'agissait. La cabane était plongée dans l'obscurité et ils ne distinguaient que les contours de la silhouette se détachant contre le ciel. Mais elle leur inspira d'instinct une terreur sans nom.

Cet homme sentait la mort, la pourriture, une puanteur que Christian connaissait sans pouvoir ou sans oser vraiment l'identifier.

Une sueur froide lui coula le long de la colonne vertébrale. Marie se serra frileusement contre lui. Elle tremblait, trop effrayée pour prononcer la moindre parole.

L'inconnu fut bientôt rejoint par celui qui avait pris la porte dans la figure et qui s'était relevé entre-temps, puis par un troisième personnage, tout aussi inquiétant.

Christian dut faire un violent effort sur lui-même pour ne pas céder à la panique. A vingt ans, il n'avait d'autre expérience de l'horreur que quelques films et des romans. Mais ce coup-ci, il n'était pas question de sauter des pages ou de fermer les yeux.

« Allume la lampe ! » le supplia soudain Marie.

Elle le secoua. Christian dégagea son bras sans obéir.

Il se félicita d'avoir saisi la hache. Il la tenait dans la main droite et la lampe dans la gauche. Ses mains se crispèrent sur les deux objets. Eux seuls pouvaient désormais leur sauver la vie.

Brusquement, un des zombis fit un pas.

Au même moment, Christian alluma la lampe et la braqua sur la silhouette qui avançait vers lui.

Marie hurla puis plaqua ses mains sur son visage pour effacer l'image de ce monstre de cauchemar, à la face décharnée et verdâtre, qui la fixait de ses yeux morts.

Alors, ils commencèrent à comprendre.

La créature n'avait plus qu'une vague et atroce ressemblance avec un être humain. Les mouvements raides et gauches, le regard fixe et sans vie, la chevelure hirsute, cette peau maculée de boue...

Pétrifié de terreur, Christian en oubliait sa hache. Il rêvait, se répétait-il. Il était forcément en train de rêver...

Et pourtant, non.

Claus Binussek s'était remis à avancer. Il heurta violemment du front le chambranle de la porte comme s'il ne l'avait pas vu. Il perdit l'équilibre et écarta les bras, mais ses deux compagnons le poussèrent en avant pour lui faire franchir le seuil.

Christian et Marie reculèrent instinctivement jusqu'au fond de la hutte. La lampe tremblait dans la main du garçon qui l'éteignit pour ne plus voir ces trois visages de l'horreur, ces faces de morts-vivants qui les hanteraient à jamais.

D'ailleurs, avec la porte ouverte, on y voyait suffisamment pour localiser l'ennemi.

Christian entendait son cœur battre à grands coups. Son sort et celui de Marie allaient se jouer dans les secondes qui suivraient. Ils n'auraient pas de deuxième chance.

Toujours sans réfléchir, il ralluma la lampe et éclaira l'un après l'autre les trois morts-vivants. Un lointain souvenir se fit alors jour dans son esprit.

« Non, non... C'est impossible ! hoqueta-t-il comme frappé d'un coup de massue.

— Quoi ? s'écria Marie.

— Je... Je les connais !... J'ai... J'ai déjà vu ces... bredouilla-t-il, tandis que les trois créatures se séparaient lentement pour tenter de les encercler.

— Qu'est-ce que tu dis ? cria Marie d'une voix hystérique.

— L'année dernière... Je les ai vus, tous les trois... Ils étaient bien vivants...

— Arrête ! hurla Marie en se bouchant les oreilles.

— Ils sont morts à présent, tu comprends, ils sont enterrés à Kandersteg ! »

Marie éclata d'un rire fou.

« Ils sont sortis de leur tombe, poursuivit Christian. Regarde la boue, regarde ces linceuls, leurs membres décharnés, ces yeux... »

Marie, le regard exorbité, ne voulait rien voir ni entendre. Comment des êtres enterrés depuis plus d'un an pouvaient-ils réapparaître ? Soudain, elle se rappela ce que lui racontait jadis son grand-père, un Sicilien émigré dans le Tessin. Le vieil homme croyait aux revenants et toute la famille se moquait gentiment de ses radotages...

Mais ils étaient là, devant elle, ces morts-vivants, ces trois créatures infernales tirées de la terre par des forces surnaturelles et lâchées dans la nature pour tuer tout être vivant qui leur tomberait sous la main.

Le grand-père de Marie lui avait souvent répété : « Petite, écoute ce que te dicte ta conscience. Ne te laisse jamais faire sans réagir. Apprends à te défendre et reste toujours sur tes gardes ! »

Se laisser faire, cette fois, c'était se laisser tuer...

Marie avait envie de vivre.

Elle jeta un rapide coup d'œil à son amoureux. Planté là, figé par la stupeur, il semblait incapable du moindre mouvement. Il ne se défendrait pas.

« La hache ! ordonna la jeune fille. Défends-toi ! Au nom du ciel, Christian, réagis !

— Oui, oui, bredouilla le garçon d'une voix pâteuse. Ce sont eux... Ils sont revenus. »

Oui, ils étaient revenus. Et ils venaient de trouver ce qu'ils cherchaient et qu'ils croyaient devoir attendre jusqu'au lendemain soir : des victimes !

Ils firent un pas en avant.

Puis un autre.

Malgré l'exiguïté de la cabane, ils se déployèrent en arc de cercle.

« Éteins la lampe ! » gronda Marie.

Christian était encore trop choqué pour faire quoi que ce soit. Mais chaque seconde comptait. Il ne l'avait même pas entendue. Marie lui arracha la lampe des mains.

Elle l'éteignit et les ténèbres engloutirent les trois monstres. Affolé, Christian se tourna vers son amie :

« Qu'est-ce que tu fais ?

— La seule chose à faire. Tu as la hache, sers-t'en !

— Comment ? gémit le garçon.

— Débrouille-toi comme tu voudras, mais arrange-toi pour nous sortir d'ici. Tu ne comprends pas qu'il y va de notre peau ? Tu ne vois pas que ces monstres n'ont plus rien d'humain ? Qu'ils vont nous massacrer ?

— Oui, oui, je... »

Christian n'eut pas le temps d'en dire plus. Une des trois silhouettes s'approchait. La lumière de la lune qui éclairait faiblement la cabane par la porte restée ouverte lui permit de reconnaître le zombi qui était entré le premier.

La créature s'attaqua d'abord à la jeune fille. Une main glacée s'abattit sur son visage, puis descendit vers son cou. Lorsqu'elle sentit les doigts se refermer sur sa chair et commencer à serrer, un déclic se fit en elle.

Elle oublia sa peau, elle oublia ses inhibitions et frappa avec la lampe de toutes ses forces. Un hurlement sauvage accompagna son geste. Elle atteignit son agresseur au visage puis, sans attendre, elle frappa de nouveau jusqu'à ce que la pression des doigts autour de son cou se relâche.

Le monstre avait reculé en chancelant.

Marie se rua sur lui et frappa encore avec une sauvagerie dont elle ne se serait jamais crue capable jusqu'à ce que le zombi tombe. Le bruit de la chute la transporta de joie. Elle se tourna vers Christian et cria d'une voix triomphante :

« Je l'ai eu ! Un de moins... Vite, filons ! »

Christian parut enfin se réveiller. Était-ce la violence de son amie ou la chute du zombi ou les deux à la fois qui déclenchaient enfin chez lui le réflexe de survie ?

Il se rappela soudain qu'il tenait toujours la hache. Il la leva à deux mains au-dessus de sa tête et la laissa retomber en ahanant sur le zombi qui venait à sa rencontre. Le monstre leva les bras pour se protéger mais il ne put détourner l'arme.

Christian entendit un craquement affreux et hurla de peur, de rage et de dégoût en voyant la silhouette chanceler et s'effondrer. Dans sa précipitation, il voulut l'enjamber avant que l'autre ne fût complètement à terre. Il buta contre lui et tomba en lâchant son arme.

« Je suis fichu, pensa-t-il en heurtant le sol avec violence. Je suis fichu. »

Il entendit Marie hurler :

« Attention ! »

Il voulut rouler sur lui-même, mais n'en eut pas le temps. Le troisième zombi venait de se jeter sur lui, l'écrasant de tout son poids.

Le jeune homme sentit des larmes de rage lui monter aux paupières et il se débattit avec l'énergie du désespoir. Mais le monstre était lourd et comme insensible aux coups dont Christian lui bourrait les côtes.

Tout à coup, deux mains se refermèrent en étau autour de sa gorge. Il lui fallait absolument tuer l'immonde créature avant de mourir étouffé. Christian chercha sa hache à tâtons, sans parvenir à mettre la main dessus.

Marie, qui s'était retournée au moment de franchir le seuil, avait vu son ami trébucher, puis le zombi le plaquer au sol.

En une fraction de seconde, elle comprit que Christian était perdu. Le zombi allait lui briser le larynx et la colonne vertébrale avant même de l'avoir asphyxié.

Marie n'hésita pas. Alors qu'elle aurait pu s'enfuir, elle fit demi-tour et se précipita au secours de son amant. Elle ne pourrait plus jamais se regarder dans une glace si elle laissait Christian se faire massacrer sous ses yeux.

Et une fois encore, elle frappa avec sa lampe, le visage tordu de fureur à chaque coup, elle frappa, et frappa encore, la rage décuplant ses forces, jusqu'à ce qu'un choc sourd lui indique que son ennemi venait de rouler sur le sol.

« Chris ! hurla-t-elle. Viens vite ! »

Le garçon tenta de se relever, mais s'aperçut avec horreur qu'une de ses chevilles était prisonnière. La main d'un des zombis terrassés l'agrippait. De son pied libre, il se mit à bourrer de coups le visage grimaçant du monstre. Lorsqu'il le sentit lâcher prise, il bondit sur ses pieds...

Attrapant son amie par les épaules, Christian l'entraîna hors de la cabane. Ils coururent à perdre haleine dans la neige, tandis que le vent glacé de la nuit giflait leurs visages enfiévrés. Ils ne virent pas un petit banc de bois, butèrent dessus et roulèrent, toujours enlacés, le long de la pente. Ils ne s'arrêtèrent qu'en bas, blancs de neige, essoufflés, abasourdis, encore glacés de terreur mais follement heureux d'être en vie.

Ils restèrent quelques instants étendus, blottis l'un contre l'autre, puis Christian se laissa aller sur le dos et le visage tourné vers les étoiles, s'écria :

« Marie... Marie... On les a eus, nom d'un chien ! On les as eus, ces monstres...

— Oui, oui, répondit Marie, hésitant entre le fou rire et les larmes, au bord de la crise de nerfs. On les a eus, mais les autres...

— Quels autres ?

— Qui te dit que nous sommes les premiers à croiser leur route ? Il y a peut-être des victimes... Et ils ne sont pas morts, malgré nos coups. D'ailleurs, comment tuer un mort... »

Christian préféra ne pas répondre et lança un coup d'œil inquiet vers le haut de la montagne, comme s'il s'attendait à voir les trois monstres en sortir pour se ruer à leur poursuite. Mais rien ne bougeait dans la nuit et la petite hutte se découpait faiblement sur la blancheur de la neige. Tout semblait si tranquille... Le garçon se retourna un peu rassuré vers Marie :

« Viens, chérie. Il faut filer... »

Il lui tendit la main pour l'aider à se relever et la tira vers lui d'un geste vigoureux.

« Viens, répéta-t-il en l'embrassant. Allons donner l'alerte !

— Christian, je...

— Marie, on ne peut pas garder cette histoire pour nous !

— D'accord, d'accord, dit précipitamment la jeune fille en cessant de résister. Mais où aller ?

— Il faut avertir tout le monde. Kandersteg ne va pas vivre avec cette épée de Damoclès au-dessus de la tête... Tu te rends comptes du danger... On serait criminels si on ne donnait pas l'alerte. On a eu une chance inouïe, je me demande par quel miracle nous sommes encore vivants... »

Marie approuva d'un signe de tête. Depuis qu'elle avait quitté la cabane, elle avait l'impression de se déplacer dans un monde parallèle, quelque part entre le rêve et la réalité.

« Viens, répéta encore Christian en la serrant contre lui. Je veux vérifier quelque chose.

— Quoi ? s'inquiéta Marie.

— Je veux passer au cimetière. Je veux voir si ce sont bien les trois étrangers qui ont quitté leurs tombes.

— Ah ! non ! s'écria la jeune fille en repoussant son ami avec horreur. Non, ne me demande pas de t'accompagner. J'en ai assez pour cette nuit...

— Pas d'affolement, j'irai seul. »

Mais Marie refusa cette solution, qui lui paraissait pire encore. Aussi se résigna-t-elle à accompagner Christian.

Les deux jeunes gens dévalèrent la pente main dans la main, coupant au plus court pour atteindre le village, quitte à s'enfoncer parfois dans la neige jusqu'aux genoux.

De temps à autre, ils ne pouvaient s'empêcher de se retourner pour vérifier qu'ils n'étaient pas suivis. Ils atteignirent ainsi la voie ferrée, qu'ils suivirent jusqu'à la gare, puis pénétrèrent enfin dans la petite ville déserte. Le martellement de leurs pas sur l'asphalte résonnait étrangement et Marie s'étonna presque de ne pas voir les gens ouvrir leurs volets pour demander ce qui se passait.

Lorsqu'ils furent en vue du cimetière, la jeune fille souffla à son compagnon :

« Je n'entre pas. Je t'attends dehors.

— Entendu. Je n'en ai pas pour longtemps. »

La porte étant cadenassée la nuit, Christian fit comme les zombis, il escalada le mur. Marie le regarda disparaître en frissonnant. Elle jeta un coup d'œil anxieux en direction des escarpements montagneux qui se profilaient au-delà du bourg. A cette distance, la cabane était invisible dans la nuit, mais pour la première fois de sa vie, la jeune fille eut la sensation d'une présence menaçante intégrée à ce paysage qu'elle avait toujours aimé depuis qu'elle y vivait.

Elle s'ébroua, s'efforçant de chasser cette pensée morbide, mais sans pouvoir empêcher la peur de s'insinuer de nouveau en elle. Elle se mit à trembler — un peu de froid aussi. Elle s'adossa au mur de pierre et laissa son regard se perdre dans le vague.

Tout à coup, une ombre sauta avec souplesse à ses côtés.

Marie tressaillit en étouffant un cri.

C'était Christian.

« Tu m'as fait peur ! soupira-t-elle en se blottissant contre lui. Alors ?

— C'est bien ce que je craignais, dit le jeune homme d'une voix tendue. Les tombes des étrangers morts l'an dernier sont vides. Ce sont eux les zombis qui ont failli nous tuer... »

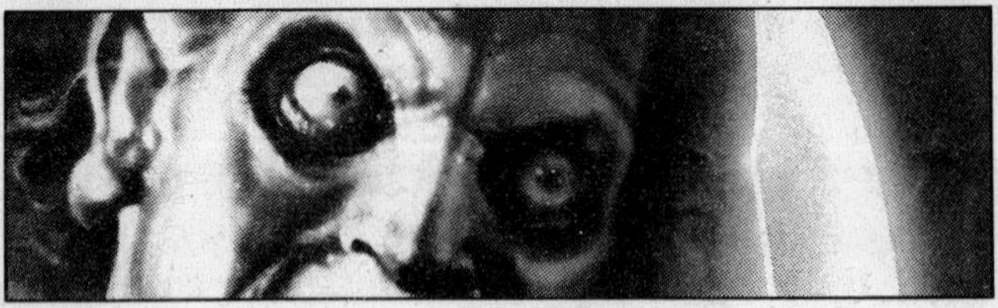

CHAPITRE 5

Mon vol jusqu'à Zürich se serait fort bien passé si je n'avais pas eu la malchance de me retrouver à côté d'un bavard impénitent qui alla jusqu'à me vanter les mérites de son rasoir électrique.

Pang Lim, furieux de rester à Londres, avait tenté une ultime démarche sans réussir à ébranler Sir James. J'étais accoutumé à ces crises périodiques des services comptables ; c'était toujours désagréable, mais heureusement passager.

Sitôt après l'atterrissage à Kloten, l'aéroport de Zürich, je m'occupai de louer une BMW de la série 200. J'avais déjà eu plusieurs fois l'occasion de me rendre en Suisse et je connaissais la région de Berne, où se trouvait Kandersteg. Quelques années auparavant, j'avais eu à m'occuper de fourmis géantes qui menaçaient une vallée voisine.

Le temps, sans être chaud, était supportable. Quelques bandes de nuages gris dans un ciel très bleu, rien qui annonçât la pluie. Sur cette route sèche, je pus faire donner à la BMW tout ce qu'elle avait sous le capot et je fus vite à Berne.

Je découvris alors à l'horizon l'imposant massif montagneux qui surplombe la ville bordée au nord par le lac Brienzen. La surface du lac ressemblait à du plomb fondu. Quelques pêcheurs en bateaux à moteur s'y étaient aventurés mais je remarquai que les voiliers restaient au port.

Sur la route de Kandersteg, en prenant peu à peu de l'altitude, je constatai que la neige tenait encore sur les parois exposées au nord, alors que les pentes méridionales étaient déjà parsemées des premières fleurs printanières.

Je traversai des villages dont j'ai oublié le nom et arrivai enfin en vue du panneau de Kandersteg. C'était une sorte de bout du monde, un cul-de-sac grandiose, barré au fond par un imposant massif, comme si un géant avait voulu combler la vallée pour en retenir prisonniers les habitants. C'était ce massif que franchissait le tunnel de Lötsch, seule voie d'accès au sud...

Je longeai le petit bourg à dix à l'heure, et n'eus guère de mal à trouver l'hôtel Gemmi, que m'avait indiqué Evelyn Binussek. Le jardin donnait sur la rue principale, à gauche. Je laissai ma voiture au parking et gagnai le bâtiment en contournant un jet d'eau qui clapotait dans un bassin. Tout avait été conçu pour donner une image de sérénité et de repos...

L'hôtel n'avait rien de ces cubes de béton climatisés que construisent aujourd'hui les chaînes hôtelières, c'était plutôt une sorte de grande et vieille maison accueillante. Si je n'avais pas été en mission, je me serais sûrement attardé quelques jours dans ce site enchanteur.

Ma valise à la main, je grimpai les marches du perron. Un homme blond aux yeux rieurs, un peu plus petit que moi, sortit à cet instant et vint à ma rencontre. Il s'arrêta et se frotta les mains en me dévisageant.

Je le saluai d'un signe de tête. Il me rendit la politesse et me demanda en allemand :

« Seriez-vous un nouveau client ?

— Oui.

— Alors, permettez-moi de me présenter : Stahlmenger.

— Sinclair, répondis-je. John Sinclair.

— Américain ? lança M. Stahlmenger dont les yeux pétillaient de plus en plus.

— Non, anglais.
— Oh ! quelle bonne surprise !
— Pourquoi donc ?
— La plupart de nos clients sont américains. Mais je vous laisse vous installer. Peut-être nous verrons-nous ce soir au bar ?
— Très volontiers. »
Une fois dans le hall, je jetai un coup d'œil circulaire : vers la droite, une porte donnait sur la salle à manger, une autre sur un couloir dont une flèche révélait qu'il conduisait à la piscine. A gauche, une porte vitrée ouvrait sur un salon agrémenté d'un bar où quelques clients, confortablement installés dans de profonds fauteuils de cuir, lisaient le journal ou buvaient une consommation.
Je me dirigeai vers la réception. Un homme en costume sombre s'inclina avec une politesse un peu exagérée. Il me souhaita la bienvenue.
« Je m'appelle John Sinclair, lui dis-je après l'avoir remercié. J'ai fait réserver une chambre.
— Oui, monsieur, répondit le réceptionniste en choisissant une clé au tableau sans même vérifier dans son livre. Votre chambre est au premier. Ces dames sont déjà arrivées.
— Ah ! bon, fis-je un peu étonné qu'il soit au courant.
— Si vous avez besoin de quoi que ce soit, n'hésitez pas à faire appel à moi, m'assura-t-il en me remettant ma clé. Je me nomme Contini. Avez-vous d'autres bagages, monsieur Sinclair ?

— Non.

— Bien. L'escalier et l'ascenseur sont à votre droite. Je vous souhaite un bon séjour, monsieur Sinclair. »

Rien n'était moins sûr. Je doutais que les zombis me laissent beaucoup de temps pour me reposer. Ma chambre était spacieuse et confortable. Quant à la vue, elle avait de quoi ravir n'importe quel amoureux de la montagne.

Dans le jardin, je voyais la piscine, des courts de tennis et une petite installation équestre. Sur la terrasse, quelques adolescents jouaient au ping-pong, tandis que, dans un coin, des personnes âgées avaient entamé un tournoi d'échecs.

Je vidai ma valise, pris une douche et m'aperçus en remettant ma montre qu'il était déjà midi. Me sentant soudain l'estomac dans les talons, je m'habillai rapidement et descendis au rez-de-chaussée. A peine m'eut-il aperçu que M. Contini m'interpella :

« Ah ! monsieur Sinclair, ces dames sont rentrées et vous attendent dans la salle à manger.

— J'y allais », dis-je avec un sourire.

Je m'apprêtais à suivre une jeune serveuse, lorsque M. Contini quitta sa réception et vint vers moi après m'avoir assuré qu'il voulait seulement me dire deux mots tête-à-tête.

« Volontiers, fis-je un peu surpris.

— Mme Buchwald m'a appris que vous apparteniez à Scotland Yard...

— C'est exact.

— Euh... Vous êtes en mission, n'est-ce pas ? demanda-t-il l'air inquiet.

— Connaissez-vous la vraie raison de mon séjour en Suisse ? lui répondis-je du tac au tac.

— Non, mais je pensais que cela avait peut-être quelque chose à voir avec la mort étrange de nos malheureux clients l'an dernier.

— C'est fort possible, en effet.

— J'espère que vous ne suspectez personne parmi notre personnel, chuchota-t-il de plus en plus inquiet. Notre établissement jouit d'une excellente réputation et...

— Monsieur Contini, si je savais tout sur cette affaire je ne serais pas là, interrompis-je en riant.

— Évidemment, bien entendu... bredouilla-t-il. Excusez mon indiscrétion.

— Je vous en prie.

— Bon appétit, monsieur Sinclair », lança-t-il cette fois à voix haute en me confiant à la jeune serveuse, qui avait attendu un peu à l'écart.

Je pénétrai à sa suite dans la salle à manger. Les femmes des trois défunts étaient assises à une table un peu à l'écart et la serveuse m'y conduisit. Une quatrième chaise m'attendait visiblement. Evelyn Binussek se leva et me présenta ses amies.

Sylvie Woeber et Brigitte Buchwald avaient toutes les deux des cheveux blonds, mais Mme Woeber les portait plus courts que son amie. Petite et un peu rondelette, elle avait un visage sympathique et des yeux vifs derrière des lunettes aux verres assez épais. On devinait une femme énergique et déterminée.

Brigitte Buchwald portait elle aussi des lunettes et, comme ses amies, un jean, un pull-over et des bottes fourrées.

Un maître d'hôtel vint prendre ma commande et je me contentai, comme elles trois, d'une salade composée accompagnée d'eau minérale qu'il m'apporta aussitôt.

« Nous venons d'arriver, me dit Evelyn Binussek.

— Vous êtes allées au cimetière ? »

Leur air consterné était une réponse.

« Nous n'avons pas pu, répondit Brigitte Buchwald. Nous avons essayé mais... Comprenez-nous, monsieur Sinclair. Nous avons perdu nos maris et si ce que raconte Evelyn est vrai... Nous avons peur », termina-t-elle à voix basse en se détournant.

Je les comprenais et le leur dis. Je les interrogeai ensuite sur ce qui s'était passé depuis la visite d'Evelyn Binussek dans mon bureau. Ni Brigitte ni Sylvie n'avaient entendu la voix de leur mari, ni avant ni après. Evelyn était donc la seule à avoir été prévenue...

Nous nous entretenions en allemand puisque c'était la seule langue que nous parlions tous les quatre. Je regardai le soleil se coucher sur les montagnes.

« Il conviendrait pourtant d'aller sur leurs tombes », dis-je en guise de conclusion.

Elles acquiescèrent en silence.

« Mais pas sans vous », ajouta Sylvie Woeber.

Nous terminâmes rapidement notre repas et je pus mesurer à quel point ces trois jeunes femmes étaient angoissées.

Je venais à peine de repousser mon assiette lorsque je vis M. Contini traverser la salle à manger en toute hâte, l'air passablement agité. Pâle comme un mort, il s'excusa de nous déranger.

« Que se passe-t-il ? lui demandai-je.

— Quelque chose de... très étrange, bredouilla-t-il avec effort. J'ai voulu vous prévenir aussitôt, monsieur Sinclair. »

Il se pencha vers moi et, s'assurant que personne ne pouvait l'entendre, il chuchota :

« Les tombes... de ces messieurs. Elles sont vides. »

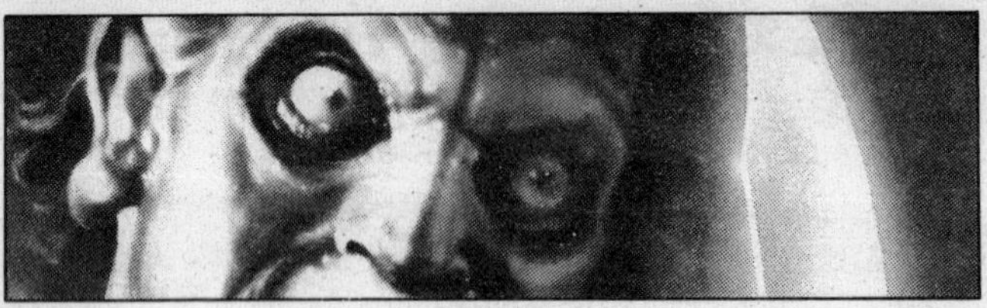

CHAPITRE 6

« Les tombes sont vides... »

Cette phrase me hantait tandis que je me dirigeais vers le cimetière, accompagné des trois veuves. Leurs visages, en apprenant la nouvelle, s'étaient figés et j'avais lu dans leurs yeux une terreur non dissimulée.

Je m'étais efforcé de les rassurer tant bien que mal. Plutôt mal que bien, je dois dire.

Le réceptionniste s'était enfui comme un lapin avant que j'aie eu le temps de lui demander comment il avait appris la nouvelle. Sans perdre de temps, nous nous étions mis en route, mais il n'y avait personne aux abords du petit cimetière. Pas le moindre curieux devant la porte ouverte. La chose ne s'était donc pas encore répandue. Tant mieux.

Je les suivis entre les tombes, car je n'avais aucune idée de l'endroit où les trois hommes avaient été enterrés. Brigitte Buchwald avait pris la tête de notre petit groupe et avançait rapidement tout en échangeant quelques mots avec ses amies. Mais je ne cherchais pas à écouter leur conversation.

Brigitte fut donc la première à atteindre le fond du cimetière, je la vis tendre le cou par-delà une mince haie d'arbustes, joindre les mains et pousser un cri :

« Mon Dieu, c'est vrai ! »

Ses deux compagnes la rejoignirent en courant et s'immobilisèrent à leur tour, comme pétrifiées. Je me précipitai pour soutenir Sylvie Woeber que je vis vaciller sous le choc.

Evelyn Binussek semblait transformée en statue de sel. Ses lèvres remuaient, mais elle n'arrivait pas à articuler la moindre parole.

« Mon Dieu, murmura Sylvie Woeber en s'accrochant à mon épaule comme un naufragé à une bouée. C'est impossible... »

Elle avait raison. Malheureusement la magie noire tout entière est contre-nature. Seule l'intéresse l'extension de l'empire du Mal et rien n'arrête ses suppôts et leur grand-maître, Satan.

Mais nous étions quelques-uns bien décidés à les empêcher d'arriver à leurs fins, et par tous les moyens. Ce combat sans merci contre tous les serviteurs de l'Enfer : zombis, vampires, loups-garous, goules et autres démons plus ou moins puissants, j'y avais risqué plusieurs fois ma peau. Mais j'étais bien déterminé à ne jamais renoncer.

Parmi cette faune de l'horreur, les zombis étaient loin d'être les moins dangereux, car leur apparence encore vaguement humaine terrorisait leurs victimes et les empêchait souvent de réagir.

Sylvie Woeber reprit un peu contenance, sortit un mouchoir de son sac et essuya les larmes qui inondaient ses joues.

« C'est affreux, murmura-t-elle. Je n'arrive pas à y croire, même en le voyant de mes propres yeux. »

Le spectacle était en effet à la fois macabre et stupéfiant. La terre avait été retournée, comme labourée, et il avait fallu à ces créatures une force singulière pour soulever et rejeter de côté leur pierre tombale.

Une menace diffuse planait sur cet endroit, une atmosphère lourde et oppressante s'abattait soudain sur nos épaules et je devinai que des événements graves n'allaient pas tarder à se produire.

« Cette fois, nous avons la preuve ! s'écria tout à coup Evelyn Binussek. J'ai toujours su que cette bande magnétique n'était pas une mauvaise plaisanterie... C'est atroce, mais ils ont tenu parole. Ils sont revenus parmi les vivants !

— Et où sont-ils à présent ? » murmura Brigitte Buchwald en serrant ses bras autour de son corps et en nous fixant tour à tour d'un air angoissé.

« C'est toute la question, en effet », pensai-je, tandis qu'un déplaisant frisson me courait le long de la colonne vertébrale. La terre était fraîchement retournée, ils n'avaient pas quitté leur tombe depuis bien longtemps, et ils avaient sans doute profité de l'obscurité de la nuit pour se mettre à l'abri. Or cette région montagneuse offrait sûrement d'innombrables cachettes...

D'un coup d'œil, je scrutai la chaîne de montagnes qui nous enveloppait, puis haussai les épaules. Ils ne pouvaient pas s'être réfugiés bien loin. D'ordinaire, les zombis demeurent à proximité de ceux qu'ils ont pour mission de tuer.

Ils devaient donc se trouver près de Kandersteg, attendant leur heure.

Quand passeraient-ils à l'attaque ? Difficile à dire. Les zombis, contrairement aux vampires, peuvent aussi se déplacer le jour.

Une voiture klaxonna dans la rue, tirant Evelyn Binussek de ses pensées. Très pâle, elle se tourna vers moi :

« Que comptez-vous faire, monsieur Sinclair ? Que va-t-il se passer à présent, le savez-vous ?

— Deux bonnes questions, dis-je pour me laisser le temps de répondre. Hélas ! je n'en sais trop rien. Mais je peux vous confirmer qu'un grave danger plane sur nos têtes et qu'il va falloir nous tenir sur nos gardes.

— Ils nous tueront, c'est ça ? s'écria Sylvie Woeber d'une voix aiguë.

— Ils essaieront en tout cas, je le crains.

— Quand ?

— Ils peuvent frapper à tout moment... Je vous conseille à toutes les trois de ne pas quitter l'hôtel.

— Croyez-vous que nous y serons en sécurité ? murmura Sylvie Woeber.

— Avec les zombis, dites-vous bien qu'on n'est en sécurité nulle part. Mais, au moins, là-bas, il y a du monde et vous pourrez appeler au secours. »

Les trois femmes se consultèrent du regard, puis Brigitte Buchwald répondit pour elles.

« C'est entendu. Nous resterons à l'hôtel. »

Je regardai une dernière fois les tombes bouleversées. Ce n'était pas les premières de cette sorte que je voyais, ayant déjà eu affaire aux zombis — et même un peu trop à mon goût...

Ces trois respectables pères de famille étaient morts un an plus tôt, jour pour jour. Et c'était de nouveau la fête des pères. Aucun doute possible : ils n'allaient pas tarder à se manifester. Comment les trois femmes réagiraient-elles devant des époux morts-vivants ?

Il fallait absolument que je retrouve ces zombis avant que, eux, ne découvrent leurs femmes.

Je les quittai à la sortie du cimetière, en leur répétant de se réfugier à l'hôtel au plus tôt.

« Qu'allez-vous faire ? me demanda Evelyn Binussek.

— Inspecter les alentours, répondis-je d'un ton évasif.

— Vous espérez... les retrouver ?

— Avec un peu de chance...

— Alors... Bonne chance », soupira-t-elle en hochant la tête.

Elle parut sur le point d'ajouter quelque chose, mais se ravisa. Ses deux amies lui emboîtèrent le pas en silence. Je restai quelques instants immobile, allumai une cigarette et me perdis dans la contemplation des volutes de fumée.

Ce cimetière, en apparence si paisible, recelait un terrible mystère. Qu'est-ce qui avait bien pu déclencher cette magie noire autour des trois malheureux amis ? Et dans quel but ? Mais y avait-il seulement un but ?

J'allai me mettre en route lorsque j'aperçus un jeune homme qui s'avançait vers moi. Il me considérait d'un air perplexe, comme s'il hésitait à m'aborder. Chaussures de sport, jeans, pull-over et blouson, ses cheveux étaient décoiffés par le vent. Il s'arrêta à quelques mètres de moi, visiblement mal à l'aise.

« Bonjour, l'encourageai-je.

— Bonjour, répondit-il. Je vous observe depuis un instant. Vous avez accompagné les dames jusqu'aux tombes des étrangers.

— En effet.

— Et... Vous avez trouvé ce que vous cherchiez ?

— Pas complètement, mais presque.

— C'est curieux, lança le jeune homme d'un air quelque peu agressif. Vous vous intéressez à des tombes vidées de leurs occupants ! »

Je le sentais tendu, méfiant. Il savait quelque chose mais hésitait à en parler. Je décidai d'en avoir le cœur net.

« Je m'intéresse surtout à ce qu'elles contenaient, ces tombes...

— Les morts vous fascinent ?

— Quand ils continuent de vivre, certainement ! »

Visiblement, ma réponse le décontenançait. Son regard se chargea de colère et il m'interpella :

« Qu'entendez-vous par là ?

— Disons que j'ai quelques comptes à régler avec les zombis en général.

— Vous croyez aux zombis ? »

Je vis que j'avais marqué un point.

« Oui, et je déteste leur façon de se multiplier.

— Qui êtes-vous exactement ? souffla le garçon qui eut soudain l'air très juvénile.

— Je m'appelle John Sinclair », répondis-je en décidant de jouer carte sur table.

Il réfléchit quelques secondes.

« Vous n'êtes ni allemand, ni suisse, ça s'entend à votre accent. Anglais ?

— Bravo !

— Qu'est-ce que vous êtes venu chercher à Kandersteg ?

— Je vous l'ai dit : des zombis. Je me demande d'ailleurs si vous avez quelque chose à voir avec cette histoire », lançai-je pour brusquer le cours de la conversation.

Il tressaillit et esquissa un geste de défense.

« Non, non. Qu'est-ce qui vous fait croire ça ? »

J'étais de plus en plus persuadé que le garçon me cachait quelque chose.

« En quoi ces trois morts vous intéressent-ils, vous aussi ? répondis-je, décidé à le pousser dans ses derniers retranchements.

— Je les ai vus, souffla-t-il enfin.

— Morts ou vivants ?

— Les deux. »

On y était ! Toutefois, la franchise de sa réponse me surprit. Je croyais que ç'aurait été plus difficile.

« Quand et où ? demandai-je.

— Puis-je vous faire confiance ?

— Je suis venu exprès de Londres pour élucider cette affaire, expliquai-je d'un ton sec. Je ne partirai pas sans connaître le fin mot de l'histoire... Je suis chasseur de spectres et autres monstres, ça vous va ? »

Il parut ébranlé et se décida brusquement :

« Je m'appelle Christian Rügel. Je les ai vus hier soir. Ils ont failli nous massacrer mon amie et moi. Nous nous sommes défendus, mais nous ne les avons probablement pas détruits. J'en ai pourtant frappé un avec une hache et mon amie avec une lampe torche avant de nous enfuir. » Au ton de sa voix, je devinai son sentiment d'horreur rétrospective. « Voilà, dit-il. Vous savez tout, monsieur Sinclair. Vous êtes le premier à qui je raconte toute l'histoire... Je devais en parler à quelqu'un... Depuis cette nuit, je tourne en rond comme un fou.

— Je vous comprends.

— Alors, vous comprenez aussi, reprit-il avec un rire nerveux, qu'un terrible danger plane sur cette vallée et que ces monstres vont frapper...

— On peut peut-être les en empêcher.

— Comment cela ?

— Je suis venu pour ça. »

Il me dévisagea un bref instant, puis déclara :

« *All right, sir,* je suis de votre côté. Faites-moi confiance. J'ai un compte à régler avec ces monstres, moi aussi. Je n'aurais jamais cru ça possible. Ils nous ont attaqués alors que nous... discutions mon amie et moi à l'abri d'une cabane...

— Une cabane ? Où exactement ?

— Pas bien loin d'ici, sur le flanc de la montagne, dit le jeune homme avec un geste vague de la main en direction des collines.

— Vous pouvez m'y conduire ?

— Oui, mais ils n'y sont certainement plus...

— Aucune importance. Nous trouverons peut-être un début de piste. »

Le garçon acquiesça d'un signe de tête et m'accompagna jusqu'à ma voiture toujours garée sur le parking de l'hôtel.

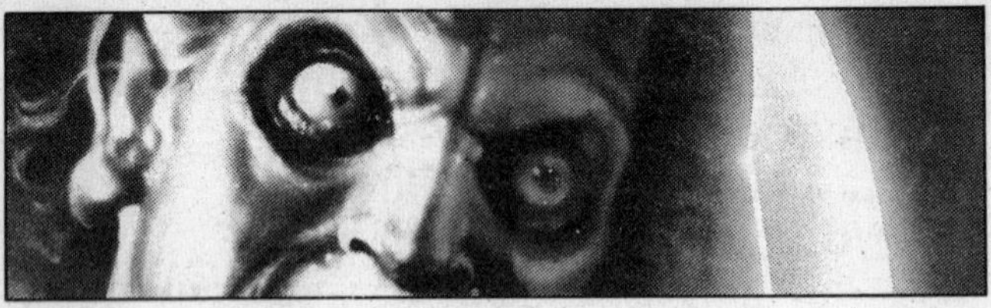

CHAPITRE 7

La cabane semblait bien inoffensive, mais je savais par expérience que ces impressions de calme et de sérénité cachaient parfois les pires horreurs. La porte était restée ouverte, mais cela non plus ne voulait rien dire.

Christian s'immobilisa à une dizaine de mètres et me montra la petite pente le long de laquelle ils avaient roulé avec son amie, à demi fous de terreur.

« Vous avez vraiment fait preuve d'un grand

courage, reconnus-je. Mais vous avez eu aussi beaucoup de chance... »

Il n'osa malgré tout pénétrer le premier dans la hutte. Je jetai un coup d'œil circulaire et constatai qu'elle était vide.

« Ça sent encore », souffla le jeune homme en reniflant de dégoût derrière moi.

Je ne sentais rien de particulier et mis cela sur le compte de l'émotion qu'il devait éprouver à retourner dans un endroit où il avait failli laisser sa peau.

Mais en pénétrant davantage, je fus à mon tour alerté par cette odeur de pourriture que les zombis trimbalaient avec eux. L'instant d'après, je découvris du linge maculé de boue qui traînait sur le sol. J'en ramassai un morceau pour l'observer de plus près. Pas de doute, il s'agissait d'un suaire tombé en lambeaux.

« Ils se sont changés ici ! gronda le jeune homme. Pour passer plus facilement inaperçus...

— Exact, dis-je. Ça leur arrive d'avoir ce genre de réaction. Il leur reste toujours quelques souvenirs de leur vie antérieure, suffisamment en tout cas pour les rendre dangereux... Y avait-il des vêtements dans cette cabane ?

— Oui, répondit le garçon en désignant une vieille malle en fer. On a toujours entreposé quelques vieilleries pour se changer en cas d'intempéries...

— Naturellement, ils savaient ça, ils connaissaient le coin », complétai-je pour moi-même.

J'allai soulever le couvercle de la malle et constatai sans surprise qu'elle était vide. Pendant ce temps, mon jeune compagnon escaladait la petite échelle qui menait à un grenier minuscule où on entreposait de la paille fraîche.

« Rien à signaler par là non plus ! » me lança-t-il.

Il redescendit et soupira :

« J'ai beau être né à Kandersteg, je serais bien incapable de vous dire où ils ont pu se cacher...

— Inutile de les chercher au hasard. Le mieux est d'attendre qu'ils se manifestent.

— N'est-ce pas déjà trop tard ?

— Il n'est jamais trop tard, maugréai-je avec une pointe d'agacement. Ils n'ont encore assassiné personne que je sache...

— Vous avez raison, soupira le garçon. Nous n'avons plus qu'à nous en aller. » Au lieu de quoi, il s'adossa au chambranle de la porte et demanda d'une voix songeuse : « Je n'arrive pas à comprendre pourquoi ces monstres ont quitté leur tombe. Il doit bien y avoir une raison, non ?

— Assurément.

— Vous avez une idée ?

— Il s'agit probablement d'une histoire de vengeance, hasardai-je. Une vengeance dont nous ne connaissons pas la raison, et c'est pour l'assouvir qu'ils seraient devenus zombis. Rien n'arrive par hasard, surtout dans les affaires de magie noire.

— Vraiment ?

— J'en suis convaincu. Mais nous ne sommes pas là pour faire de la théorie, il nous faut avant tout résoudre ce cas concret. Puis-je me fier à vous ?

— Bien sûr !

— Pas un mot à qui que ce soit ! Surtout pas aux instances officielles. Laissons la police hors du coup. Le branle-bas de combat ne servirait qu'à faire fuire ces monstres qui reviendraient plus tard.

— Et les trois femmes ?

— Je m'en charge, assurai-je.

— Mon amie Marie est au courant, évidemment... Mais vous pouvez lui faire confiance. Vous savez, si nous nous en sommes tirés, c'est surtout grâce à elle.

— Les femmes sont en effet souvent plus déterminées que les hommes », dis-je en quittant la cabane.

Cela me fit du bien de respirer un peu d'air frais. J'aperçus la gare en contrebas, avec ses trains de la taille d'un jouet. On y chargeait des voitures pour leur faire franchir le tunnel. Je sentis la présence de mon compagnon dans mon dos, mais mon attention fut tout à coup attirée par un bruit que je connaissais bien : celui des pales d'un hélicoptère.

« Ce doit être M. Stahlmenger, expliqua Christian.

— Vous le connaissez ?

— Qui ne le connaît pas à Kandersteg ! s'écria-t-il en éclatant de rire. Il vient souvent en vacances avec sa famille. C'est un Allemand de la Ruhr.

— Je l'ai croisé à l'hôtel.

— Je me demande où il va », murmura Christian en suivant des yeux le petit appareil qui volait à basse altitude.

Tout à coup, l'hélicoptère se mit à raser les arbres.

« Mais il est fou ! » cria Christian pour couvrir le bruit assourdissant de l'appareil.

Je ne répondis pas car un détail venait d'attirer mon attention. L'appareil était visiblement surchargé. Je distinguai plusieurs silhouettes dans la petite bulle de plexiglas et certaines ne me disaient rien qui vaille...

Trois hommes au masque blafard...

Trois zombis.

L'hélicoptère fonçait sur nous.

Je fus pris d'un frisson. La mort nous arrivait droit dessus. Il n'y avait pas une seconde à perdre ! Je ne m'attardai pas à demander à Chris s'il avait compris ou non et d'un coup d'épaule je le projetai à l'intérieur de la cabane.

Entraînés par notre élan, nous roulâmes sur le sol. Je restai quelques secondes allongé. Mon compagnon se releva aussitôt.

« Qu'est-ce qui vous prend ! s'écria-t-il en massant sa hanche endolorie.

— Tu n'as pas vu les zombis dans l'hélicoptère ?

— Quoi ! dit-il en pâlissant.

— Ils ont dû contraindre M. Stahlmenger à les emmener. »

Le garçon resta bouche bée.

Je n'insistai pas. Il fallait organiser la résistance. Cette cabane était un abri bien précaire face à de tels tueurs. Je gagnai la porte pour suivre leur manœuvre tandis que le grondement de l'appareil m'emplissait les oreilles.

Visiblement, le pilote essayait de poser sa machine sur une terrasse grande comme un mouchoir de poche. Il allait devoir faire preuve d'une belle habileté.

Je l'observai tout en me demandant comment ce malheureux était tombé entre les mains de ces trois monstres. Lui seul pouvait me donner la réponse.

Les patins se posèrent enfin sur la neige poudreuse. L'appareil tangua légèrement, puis le pilote coupa les gaz et les pales tournèrent de plus en plus lentement.

Il ouvrit alors la porte du cockpit, mais à peine eut-il achevé son geste qu'un zombi le précipita dehors en le poussant violemment dans le dos. M. Stahlmenger roula dans la neige.

Je dégainai mon Beretta.

Contrairement à d'autres puissants démons,

les zombis ne résistent pas à une balle d'argent béni. Et j'en avais un plein chargeur à leur disposition.

Malheureusement, Stahlmenger se releva aussitôt et, le visage déformé par la terreur se précipita vers moi en agitant les bras comme un sémaphore, faisant involontairement écran entre moi et les passagers de son appareil.

Je ne pouvais plus tirer, de peur de blesser ce malheureux qui venait de vivre de sales moments et me prenait pour son sauveur.

Il s'écroula dans la hutte, le visage crayeux, tremblant de tous ses membres et bredouillant quelques paroles incohérentes.

« Taisez-vous et restez là ! » criai-je sans ménagement.

Puis, sans plus m'occuper de lui, je me concentrai sur les zombis qui sautaient maladroitement de l'hélicoptère. Je levai mon arme, prêt à tirer dès que je serais sûr de ne pas les rater. Le nuage de neige poudreuse soulevé par l'appareil au moment de l'atterrissage n'était pas encore retombé et je distinguais à peine leurs silhouettes.

« Sinclair, attention ! hurla tout à coup Stahlmenger. Mettez-vous à l'abri. Ils sont armés ! »

Cet avertissment me sauva la vie. Je fis un bon en arrière et me jetai face contre terre. Ils firent feu presque en même temps.

J'entendis les détonations et le crépitement

des plombs de gros calibre qui déchiquetaient le chambranle de la porte. Je l'avais échappé belle.

Les zombis arrosaient méthodiquement la cabane, m'empêchant de gagner la porte pour répliquer. Ils étaient munis de fusils à répétition, ce qui m'obligeait à attendre qu'ils aient vidé leur chargeur pour tenter la moindre contre-attaque.

Je sentis alors qu'on bougeait dans mon dos.

Je tournai la tête. Le jeune Christian venait de se relever pour se ruer vers l'échelle menant à la réserve de paille. Ce fou allait se faire massacrer !

J'ouvrais la bouche pour lui ordonner de rester tranquille quand une détonation me coupa la parole.

Le garçon avait été frappé de plein fouet.

Je le vis se cabrer, puis tomber lourdement et ne plus bouger.

Une rage folle s'empara alors de moi et seul un immense effort de volonté me retint de me jeter dehors et faire feu à tout va. Les zombis tirèrent encore quelques coups, puis ce fut le silence.

Je lançai un coup d'œil prudent à l'extérieur. Ils étaient en train de courir dans la neige, hors de portée de mon Beretta.

L'hélicoptère dont les pales avaient cessé de tourner était toujours là.

« Occupez-vous du gosse ! » criai-je à Stahlmenger.

Puis je me ruai dehors.

L'hélicoptère cacha un instant les monstres à ma vue.

Je dus le contourner pour les apercevoir de nouveau. Ils se dirigeaient droit sur Kandersteg. Avaient-ils épuisé leurs munitions ? De toute façon, s'ils avaient déjà réussi à se procurer des fusils, on pouvait craindre le pire.

Ils gesticulaient comme des pantins ivres, profitant de la pente, tombant de temps à autre, peinant pour se relever. Mais ils avançaient malgré tout. Cependant, je pouvais encore les rattraper avant qu'ils n'atteignent la petite ville.

Je m'élançai derrière eux. Je devais à tout prix les empêcher d'entrer dans Kandersteg, mais je n'étais pas équipé pour courir dans la neige et je me maudissais de ne pas l'avoir prévu. Je progessais en crabe, à une vitesse d'escargot.

La distance entre eux et moi restait désespérément la même et ils avaient un avantage sur moi : ils ne craignaient ni le froid ni la douleur.

Ils disparurent dans un bouquet de sapins et je craignis qu'ils ne s'y dissimulent pour m'attendre et me fusiller à bout portant. Mais apparemment, ils n'avaient plus qu'une seule idée en tête : foncer vers la vallée, sans doute pour y perpétuer le massacre pour lequel "on" les avait ramenés à la vie. J'accélérai donc et franchis l'obstacle de ces quelques arbres sans être inquiété.

De l'autre côté, une mauvaise surprise m'attendait.

Ils venaient de tomber sur la BMW que j'avais garée en contrebas pour continuer à pied avec Christian. Certes, les zombis ne devaient pas être de fameux conducteurs, mais, en ligne droite, ils pouvaient essayer...

Deux d'entre eux brisèrent les vitres de la voiture à coups de crosse tandis que le troisième se tournait vers moi. Malgré la distance, un détail me fit le reconnaître : Jérôme Woeber était le seul à porter une barbe de son vivant.

Il leva son arme et visa, tirant deux fois dans ma direction, tandis que je m'aplatissais dans la neige. Mais il n'eut pas le temps de tirer une troisième cartouche car ses acolytes avaient desserré le frein à main et la voiture commençait à descendre la pente. Je compris qu'ils seraient incapables de mettre le contact en arrachant les fils de l'antivol et se contenteraient de profiter de la déclivité !

Je me relevai et bondis sur la route.

Leur courir après n'avait désormais aucun sens.

A moins que...

Je me rappelai tout à coup que l'antivol bloquait le volant et les clés étaient dans ma poche. Au premier virage, les trois monstres se retrouveraient dans le décor !

Je vis effectivement la voiture monter sur le bas-côté de la route puis basculer dans le fossé, mais les trois zombis eurent vite fait de s'en extraire car le choc n'avait pas été violent et leur insensibilité à la douleur les mettait à l'abri de tout malaise.

Je renonçai néanmoins à les poursuivre. La voiture était désormais hors d'usage et ils disposaient d'une avance trop considérable.

Ils ne perdaient rien pour attendre.

Époussetant la neige qui saupoudrait mes vêtements de ville, je rebroussai chemin en direction de la cabane. Il restait l'hélicoptère.

Je pensai au jeune Christian. N'était-il que légèrement blessé, ou intransportable ?

Je me remis à courir et vis Stahlmenger debout à côté de son appareil qui me faisait signe de me dépêcher.

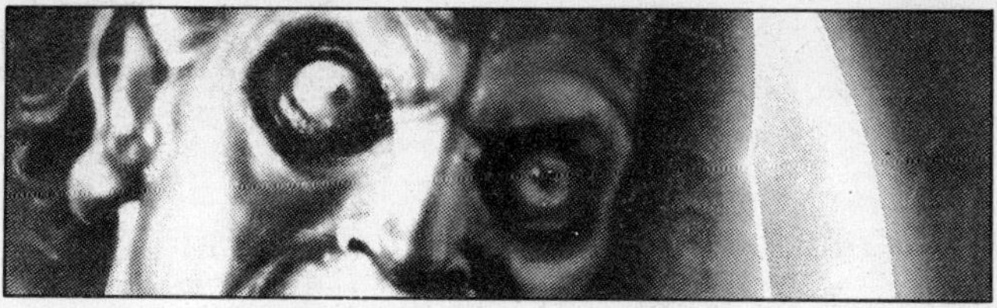

CHAPITRE 8

« Comment va-t-il ? criai-je dès que je fus à portée de voix.

— Il est vivant... »

J'accourus, hors d'haleine.

« Il est quand même sérieusement blessé, me prévint l'Allemand d'un air soucieux. Mais je ne suis pas médecin, je ne saurais me prononcer sur la gravité de son état. Il a été atteint à la cuisse et à la jambe. Il semblerait cependant qu'aucun organe vital n'ait été touché.

— Au fait, demandai-je un peu rassuré, comment les zombis ont-ils réussi à vous obliger à les transporter ?

— Ils devaient me guetter près de l'appareil. Ils m'ont sauté dessus en me menaçant de leurs armes. Que vouliez-vous que je fasse ?

— Rien. Ce qui m'étonne c'est qu'ils ne vous aient pas froidement assassiné ensuite.

— Moi aussi, avoua Stahlmenger avec un sourire penaud. Mais j'ai eu la peur de ma vie, croyez-moi. Imaginez ces trois cadavres ambulants et puants tassés contre moi dans le cockpit de mon appareil... Ils m'ont tout de suite ordonné de prendre la direction de cette cabane.

— C'était probablement à nous qu'ils en voulaient, murmurai-je et, tandis que nous nous activions autour de l'hélicoptère, je le mis en quelques mots au courant de ma mission.

— Vous n'avez jamais peur, monsieur Sinclair ? demanda-t-il avec curiosité.

— On s'habitue », ricanai-je.

Christian était allongé dans le cockpit, protégé du froid par une couverture. Il gémissait faiblement.

« J'ai une trousse de secours à bord, dit Stahlmenger. Je lui ai fait une piqûre calmante et posé quelques pansements d'urgence.

— Parfait. Où l'emmenons-nous ?

— A Thun. Il y a un grand hôpital là-bas.

— Vous passez au-dessus de Kandersteg ?

— Oui, je vous dépose ?

— Merci. Vous savez garder votre sang-froid, vous aussi, plaisantai-je.

— Il vaut mieux quand on pilote. »

Quelques minutes plus tard, l'hélicoptère décollait et je vis la cabane rapetisser jusqu'à n'être plus qu'un cube sombre sur la vaste étendue blanche. Je dus mettre des lunettes de soleil, tant la réverbération sur la neige était intense.

Je tentai bien de repérer les zombis, mais ils semblaient s'être évanouis dans la nature. Toutefois, je ne croyais guère à une attaque diurne, même armés comme ils l'étaient. Ces monstres préfèrent agir de nuit, quand les victimes sont endormies et sans défense. C'est du moins ce que je me répétais pour me rassurer.

Le pilote me désigna un refuge à flanc de montagne.

« L'endroit est merveilleux, si on aime les excursions en montagne. La vue est superbe, précisa-t-il.

— En hiver ? demandai-je.

— C'est plus facilement accessible en été.

— Non, répondit-il en riant. Ma famille m'accompagne l'été. Je suis commerçant, je possède un supermarché. Ma femme et moi nous nous relayons au bureau. »

Tout en conversant, je scrutai les alentours du petit bourg. Mais les zombis s'étaient volatilisés. Leur première tentative ayant échoué, ils avaient dû se cacher quelque part pour préparer l'offensive suivante. Je connaissais trop les monstres de cette espèce pour imaginer qu'ils abandonneraient la partie.

C'est avec une certaine appréhension que je vis le pilote manœuvrer pour se poser près de l'hôtel Gemmi, entre les terrains de tennis et la piscine, sur la petite pelouse qui servait d'héliport. Ils pouvaient aussi bien s'être déjà infiltrés dans l'hôtel où leurs femmes étaient descendues...

L'atterrissage de notre appareil attira quelques curieux aux fenêtres et sur les terrasses qui prolongaient la salle à manger.

Stahlmenger avait manœuvré impeccablement.

« A plus tard, me dit-il en répondant à mon salut quand je refermai la porte du cockpit.

— Quand pensez-vous être de retour ?

— A la nuit, sans doute. »

Il décolla dès que je me fus éloigné. Je le regardai disparaître d'un air pensif.

C'est alors qu'un homme en costume gris s'avança vers moi.

« Il n'y a pas à dire, cet homme sait piloter », dit-il avec conviction.

Puis il se présenta comme le propriétaire de l'hôtel.

« Ah ! fit-il quand je me fus présenté à mon tour, vous êtes notre client londonien ! Parfait, parfait. Dommage que vous ne soyez pas venu en été. Vous auriez fait de la voile sur notre lac...

— La prochaine fois, peut-être.

— Naturellement, vous serez le bienvenu, été comme hiver, cher monsieur... »

Je me hâtai de mettre fin à ces banalités et gagnai la salle à manger, où je croisai M. Contini, un jeu d'échecs sous le bras.

« Tout va bien ? me demanda-t-il.

— Ça va », répondis-je évasivement.

Le vieux renard m'observa quelques secondes par-dessus ses lunettes puis me demanda à brûle-pourpoint :

« Vous êtes tombé dans la neige ?

— Ce sont des choses qui arrivent...

— Oui, oui, bien sûr », murmura-t-il, avant d'ajouter d'un ton très professionnel : « Le dîner est servi à partir de dix-neuf heures.

— Merci. »

Il se doutait évidemment de quelque chose, mais je n'avais pas le temps de jouer au plus malin avec lui. Dans le salon, j'aperçus Evelyn Binussek assise dans un profond fauteuil de cuir et occupée à feuilleter une revue avec un évident manque d'intérêt. Dès qu'elle me vit, elle sauta sur ses pieds et vint à ma rencontre.

« Alors ? »

Elle n'avait pas contrôlé le volume de sa voix et plusieurs têtes se tournèrent dans notre direction.

« Je vais vous raconter », dis-je en l'entraînant à l'écart dans un petit salon de musique désert en cette fin d'après-midi.

Vu l'état de me vêtements, je préférai ne pas m'asseoir, aussi restâmes-nous debout.

« Où sont vos amies ? demandai-je.

— Dans leur chambre. Moi-même, j'allais me changer pour le dîner quand vous êtes arrivé. Alors, que s'est-il passé ?

— Vous vous en doutez déjà, je crois. Je les ai retrouvés.

— Ah ! »

C'était apparemment tout ce qu'elle était capable de dire.

« En amont du village, précisai-je pour lui donner le temps de se remettre. Près d'une cabane qu'ils ont utilisée cette nuit. Ils sont arrivés en hélicoptère après avoir forcé le pilote à les conduire là-haut. Je suis donc repéré, et ils sont armés. Ils n'ont pas hésité à se servir de leurs fusils. Ils ont grièvement blessé le garçon qui m'accompagnait...

— Mon Dieu !

— Oui. On peut le dire comme ça aussi.

— Mon mari... » Sa voix trébucha légèrement. « Mon mari était-il... Parmi eux ?

— Oui.

— Il lui ressemblait... Je veux dire, était-ce bien lui ? »

Douloureuse question à laquelle je ne savais trop que répondre. Comment lui expliquer que Claus Binussek n'était plus qu'un cadavre animé d'une vie artificielle, l'ombre macabre de celui qu'elle avait aimé ?

« Vous pouvez parler ! lança-t-elle, devinant mes réticences. Je saurai me montrer courageuse...

— Il a été blessé d'un coup de hache et il n'est pas beau à voir. C'est un zombi, Evelyn ! » ajoutai-je d'une voix forte.

Elle ferma les yeux et poussa un profond soupir.

« Il n'est pas mort d'un cou de hache, d'où cela provient-il ?

— Il l'a reçu cette nuit, alors qu'ils attaquaient... Mais je vous expliquerai tout en détail plus tard. Ici, nous risquons d'attirer l'attention. Rendez-vous au dîner. Il faut que j'aille me changer.

— Entendu, monsieur Sinclair. A tout à l'heure ! » lança-t-elle d'une voix claire en reprenant son sang-froid.

De retour dans ma chambre, je restai un moment à me regarder dans le miroir de la salle de bain. Je me sentais vieux tout à coup, et la nuit qui s'annonçait n'était pas faite pour me redonner le moral.

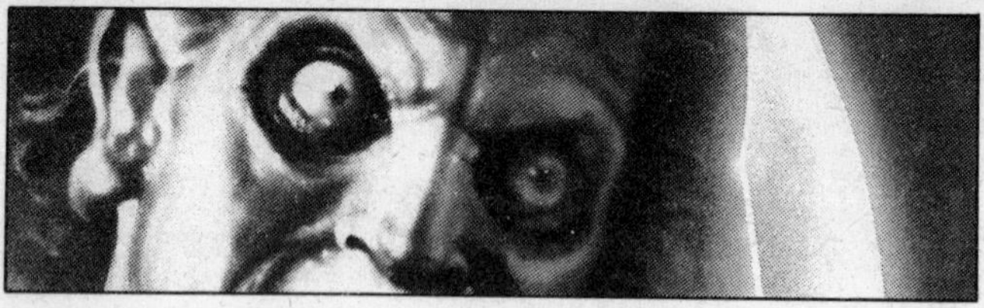

CHAPITRE 9

Lorsque la BMW avait basculé dans le fossé, les zombis, passablement secoués, étaient cependant parvenus assez vite à s'extraire du véhicule couché sur le côté. Ils demeurèrent quelques instants indécis sur le bord de la route. Mais il en aurait fallu davantage pour les détourner de leur but.

Claus Binussek portait une large blessure à l'épaule. Le coup de hache du jeune Christian avait ouvert une plaie profonde, mais, comme toujours chez les zombis, aucun sang n'avait coulé.

Les fusils étaient restés dans la voiture mais ils ne firent rien pour les récupérer. Ils ne manquaient pas d'armes. Dans le chalet inhabité qu'ils avaient investi peu après l'agression des deux jeunes gens dans la cabane, ils avaient découvert un véritable arsenal : outre les fusils, des revolvers et des coutelas de chasse aux lames dangereusement effilées.

Alors qu'ils longeaient un petit bois en surplomb de Kandersteg, ils entendirent le rotor de l'hélicoptère, et se mirent un instant à couvert avant de reprendre leur marche.

Une demi-heure plus tard, ils atteignaient les premières maisons du bourg. Il s'agissait de chalets qui n'étaient guère utilisés qu'en hiver. Aussi purent-ils progresser sans attirer l'attention.

Seul un chien les repéra et se mit à aboyer frénétiquement, le poil hérissé de peur et de colère. Les trois monstres s'immobilisèrent et constatèrent qu'il était attaché à sa niche. Eric Buchwald fit signe à ses acolytes de poursuivre leur chemin et se dirigea vers l'animal dont les aboiements redoublèrent.

Le zombi s'arrêta à moins d'un mètre du chien et tira de sa gaine un coutelas à large lame. Dressé sur ses pattes de derrière, à demi étranglé par son collier, le chien écumait. Lorsque Eric Buchwald s'approcha, l'animal affolé tenta de mordre, mais la main armée du couteau fut plus rapide.

La lame se planta dans la poitrine de la bête qui s'affaissa, touchée en plein cœur.

Les deux autres zombis avaient continué sans se retourner. Le silence qui succéda aux aboiements ne les troubla même pas. Ils avançaient tels des automates mal réglés vers un endroit qu'ils avaient beaucoup fréquenté de leur vivant : le téléphérique qui conduisait au lac d'Oeschinen. Mais cette fois, il n'était pas question d'excursion. Ils avaient l'intention de se cacher dans les bâtiments de la petite gare, déserte à cette époque de l'année, pour y attendre le crépuscule.

Eric Buchwald ne tarda pas à les rejoindre et les trois morts-vivants observèrent de leurs yeux vides le soleil qui disparaissait à l'horizon.

Kandersteg n'allait pas tarder à s'assoupir dans une trompeuse quiétude tandis que les trois monstres s'apprêtaient à célébrer une sanglante fête des pères...

Cela, je le savais, et je ne pouvais m'empêcher d'y penser tout en descendant l'escalier pour me rendre à la salle à manger.

J'avais pris soin de glisser mon Beretta dans le holster dissimulé sous mon veston, et j'étais bien déterminé à loger une balle en argent béni dans la tête du premier des trois cadavres qui ferait son apparition.

J'avais l'habitude, depuis tant d'années, de voir toutes sortes de monstres, mais il n'en était pas de même pour celles qui m'avaient demandé d'assurer leur sécurité. Aussi espérais-je leur éviter le choc que ne manquerait pas de provoquer la réapparition de leurs “maris”.

Je voulais prendre le temps de dîner tranquillement avant d'aller faire une ronde avec Stahlmenger dès son retour. Le pilote avait l'air d'un homme de sang-froid et je comptais sur lui pour me seconder utilement. Peut-être aurions-nous la chance de découvrir les zombis avant qu'ils ne pénètrent dans l'hôtel.

En d'autres circonstances, la vue de cette vaste salle à manger éclairée juste ce qu'il fallait pour y voir dans son assiette, avec sa belle cheminée dans laquelle trônait un tournebroche, et sa longue table de service garnie de desserts tous plus appétissants les uns que les autres, m'aurait donné l'eau à la bouche.

Mais la menace que faisaient planer ces trois zombis rôdant dans l'obscurité me gâchait par avance le plaisir du repas. Je restai quelques secondes immobile sur le seuil de la pièce, à écouter d'une oreille distraite le maître d'hôtel m'annoncer que les trois dames m'avaient réservé une place à leur table.

« Puis-je vous y conduire ? insista-t-il.

— Oui, oui, bien sûr », fis-je en revenant sur terre.

Il me précéda dans la salle relativement

déserte en cette saison, puis me présenta ma chaise tandis que je saluai les trois amies. Je m'assis entre Evelyn Binussek et Sylvie Woeber. Toutes les trois étaient très pâles sous leur fard. Elles s'étaient changées et portaient des vêtements élégants dont la coupe annonçait déjà l'été.

L'abondance de la carte me coupa presque l'appétit. Les circonstances ne se prêtaient vraiment pas à un menu gastronomique. Mes compagnes et moi choisîmes le moins copieux, ce qui n'empêcha pas le garçon de rouler vers nous une desserte surchargée de hors-d'œuvre variés.

Tandis qu'on achevait de nous servir, je laissai mon regard errer par-delà la baie vitrée. Quelques réverbères s'ingéniaient à donner l'illusion d'un parc immense, mais les vastes zones d'ombre n'en paraissaient que plus inquiétantes.

« La fête des pères tire à sa fin, murmura Brigitte Buchwald après que le garçon se fut éloigné. Encore cinq heures...

— Pourquoi vos maris se réunissaient-ils ce jour-là loin de leur famille ? demandai-je.

— Oui, cela peut paraître étrange, en effet, répondit Sylvie Woeber. Mais ils s'étaient rencontrés pendant leurs études, bien avant de nous connaître. Ils avaient cette habitude de venir à Kandersteg à cette date, aussi ont-ils continué après leur mariage et nous n'avons rien fait pour changer cela. D'ailleurs, vous remarquerez que l'autre fête des pères, celle de millions de gens, tombe dans quinze jours. Ainsi, il n'y avait pas de problème avec les enfants. »

N'ayant pas d'enfant, je n'avais pas prêté attention à ce décalage dans les dates.

« Ainsi donc, poursuivis-je, cet hôtel a joué un grand rôle dans leur vie ?

— Oui, soupira Brigitte Buchwald. Ils étaient très liés avec quelques personnes, Thomas, par exemple, le maître d'hôtel que vous avez vu à l'entrée. L'hiver, il est guide de montagne. C'est un Allemand qui connaît la région comme sa poche.

— L'avez-vous interrogé sur leur mort mystérieuse ? demandai-je en jouant avec la nourriture du bout de ma fourchette.

— Bien entendu, mais il n'a jamais rien voulu dire.

— Vous avez insisté ?

— Oui, sans obtenir de réponse. Il prétend ne rien savoir.

— Je verrai cela avec lui », murmurai-je tandis qu'on me retirait mon assiette à moitié pleine pour la remplacer par une grillade aux petits légumes.

Je me sentais nerveux et jetais des regards de plus en plus fréquents au parc noyé dans l'obscurité.

« Ne vous inquiétez pas, soufflai-je en remarquant que mes compagnes suivaient mon regard.

— Vous croyez qu'ils peuvent nous observer ? demanda Sylvie Woeber d'une voix contrainte.

— Et... et nous tirer dessus ? murmura Evelyn Binussek.

— Tant de choses sont possibles, répliquai-je me forçant au calme.

— Changeons de place !

— Inutile. Les zombis ne tirent pas comme ça. Ils ont leurs habitudes.

— Ils vous ont bien tiré dessus, vous ! protesta Brigitte Buchwald.

— C'est vrai, mais mon cas est particulier. Ils ont senti que je représentais un danger pour eux. Les forces surnaturelles auxquelles ils obéissent me connaissent bien. Ne vous affolez pas. Ils n'attaqueront pas ici, sans crier gare... Et nous aurons le temps de nous défendre.

— Vous en êtes sûr ?

— Oui. C'est mon métier, vous savez.

— En effet, soupira Evelyn Binussek. »

Le dénommé Thomas, maître d'hôtel et guide à ses heures, m'intriguait. Je l'observai, mine de rien. Il semblait très calme, très élégant dans son habit noir, les cheveux brun foncé peignés avec soin. Cela m'agaçait d'apprendre si tard qu'il détenait peut-être le secret de la mort de ses trois amis. Je devais trouver l'occasion de lui parler au plus vite...

J'avais à peine touché à ma salade qu'un cri étouffé me fit sursauter.

Brigitte Buchwald, la bouche ouverte, les

yeux agrandis par l'horreur, fixait la baie vitrée en face de nous.

« Que se passe-t-il ? demandai-je.

— Je l'ai vu !

— Qui ?

— Eric, Eric mon mari ! »

Oubliant le maître d'hôtel et tout ce qui se passait autour de nous, je me retournai pour scruter avec attention toutes les zones d'ombre du parc, mais je n'aperçus aucune silhouette inquiétante...

« Je suis sûre que c'était lui, assura la jeune femme à voix basse, mais d'un ton catégorique.

— Décrivez-le-moi.

— Je ne l'ai qu'entr'aperçu. Son visage creusé et blafard... Mais c'était lui, monsieur Sinclair, je le jure ! »

Je me levai avec un geste d'apaisement.

« Je vous en prie, madame Buchwald. Gardez votre calme et, pour l'amour de Dieu, ne bougez pas d'ici jusqu'à mon retour, toutes les trois.

— Vous allez sortir ? demanda Evelyn Binussek.

— Oui. Je vais faire le tour du parc et m'assurer que...

— Ce n'était pas une hallucination, déclara Brigitte Buchwald d'une voix ferme. Faites attention... Mon Dieu ! »

Sa voix se cassa et je compris qu'elle allait craquer.

« Occupez-vous d'elle, dis-je à Evelyn Binussek. Et tenez bon toutes les trois. Une panique générale dans l'hôtel ne pourrait que servir leur dessein.

— Comptez sur nous », lança Evelyn Binussek en posant la main sur celle de son amie.

Mon départ passa inaperçu, car plusieurs clients s'étaient levés pour aller se choisir un dessert. Je m'effaçai devant une flamboyante rousse et gagnai la terrasse.

Je m'y arrêtai un instant pour scruter la pénombre et décider de l'endroit que j'allais explorer en premier. La terrasse était éclairée par les lumières de la salle à manger, de telle sorte que je n'avais pas besoin de regarder où je mettais les pieds.

Il n'en fut pas de même quand je descendis dans le parc. J'avançai prudemment en direction de la piscine, laissant à ma droite les courts de tennis cernés d'arbres chargés de donner un peu d'ombre en été.

Je n'entendis pas le moindre craquement, frôlement ou bruit de pas, et j'en fus quelque peu rassuré car les zombis sont incapables de se déplacer discrètement.

Les environs de la piscine étaient déserts, et je retournai vers les courts de tennis. Le gravier crissait sous mes pas à travers la mince couche de neige. Je jetai un rapide coup d'œil en direction de l'hôtel. Les trois veuves n'avaient pas quitté leur table.

Si l'un des zombis nous avait observés, il

devait se trouver à peu près à la même distance que moi en ce moment. Je m'immobilisai et tendis l'oreille.

Rien.

A peine le murmure du vent dans les branchages des sapins. J'hésitai une fraction de seconde, me demandant si Brigitte Buchwald n'avait pas été victime d'une hallucination.

Quelque chose, cependant, me fit rester dehors. Une impression difficile à définir. Une sorte de menace vague.

C'est alors que mon attention fut attirée par un bâtiment attenant à l'hôtel. Le premier étage devait être réservé au personnel et le rez-de-chaussée était constitué d'écuries. L'hôtel annonçait en effet dans sa publicité la possibilité de s'adonner aux sports équestres.

Et quelle meilleure cachette qu'une écurie ?

Je me dirigeai vers le bâtiment, traversant pour cela une large zone de pénombre. Le ciel s'était couvert en début de soirée et il n'y avait ni lune ni étoiles pour guider mes pas.

La porte de l'écurie était légèrement entrouverte.

Ce détail m'alerta.

A une heure aussi tardive, les chevaux avaient été soignés depuis longtemps. Aurait-on oublié de fermer la porte ? Je la poussai d'une main prudente et elle s'ouvrit en grinçant.

Une forte odeur d'écurie m'assaillit. Mais je distinguai presque aussitôt autre chose : une puanteur douceâtre que j'avais appris à connaître.

Je fis quelques pas et découvris les stalles.

Elles étaient vides.

Et pourtant, cette odeur...

Je sortis une lampe de poche, l'allumai et sursautai d'horreur lorsque je l'abaissai vers le sol.

Un cheval gisait dans une stalle, baignant dans son sang.

Quelqu'un l'avait égorgé avec une sauvagerie inouie...

Sur le coup, je sentis mon estomac me monter aux lèvres.

Je reculai de quelques pas et heurtai la porte.

Les zombis étaient passé par là...

Je parvins néanmoins à surmonter mon dégoût et à inspecter les autres stalles. Elles étaient vides. Ni homme ni animal — et pas le moindre zombi non plus.

Si les trois monstres étaient restés dans les parages, m'avaient-ils vu entrer dans l'écurie ?

Je sentais mon sang battre à mes tempes. Le silence était trop compact pour être naturel.

Je balayai encore une fois l'écurie du faisceau de ma lampe, puis m'apprêtai à quitter les lieux.

Tout à coup, il y eut un bruit derrière moi...

Je portai la main à mon Beretta, pivotai sur moi-même. Trop tard ! Un bras livide se refermait comme un étau autour de ma gorge.

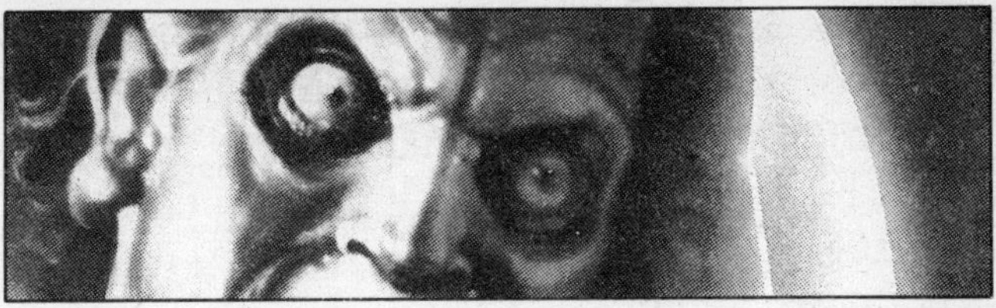

CHAPITRE 10

Les trois femmes avaient regardé John Sinclair disparaître dans la pénombre.

Brigitte Buchwald tremblait convulsivement.

« Du calme, Brigitte, lui ordonna Sylvie Woeber.

— J'ai peur... J'ai si peur. »

« Moi aussi », faillit répondre son amie, mais, prenant modèle sur Evelyn Binussek, elle parvint à se dominer. Thomas, le maître d'hôtel, s'approcha, un sourire aimable aux lèvres.

« Vous désirez quelque chose ? demanda-t-il.

— Non merci, répondit Evelyn Binussek.

— Vous n'avez presque rien mangé, fit remarquer l'homme. Vous ne voulez vraiment pas de dessert ?

— Non, merci.

— Vous allez me décevoir, mesdames, insista-t-il d'un air navré. Un tel manque d'appétit !

— C'est vrai, dit Evelyn se forçant à rire. Mais nous devons faire attention à notre ligne.

— Dans ce cas, je n'insisterai pas ! » Puis il désigna la chaise libre : « Votre ami est déjà monté dans sa chambre ?

— Il est allé prendre l'air, déclara Brigitte d'une voix qui sonnait faux.

— Le dîner ne lui a pas plu ?

— Si, si, beaucoup, bredouilla la jeune femme qui se sentait perdre pied sous le regard interrogateur du maître d'hôtel. Il va revenir. Il... Un léger malaise, rien de grave.

— Bien, bien, fit le maître d'hôtel qui s'éloigna après une courbette.

— J'ai vraiment l'impression qu'il sait beaucoup de choses, murmura Evelyn Binussek en jouant nerveusement avec son verre.

— Moi aussi, dit Brigitte Buchwald.

— Mais il ne dira rien, soupira Brigitte Buchwald.

— C'est étrange, reprit Evelyn. Il était lié avec nos maris bien avant que nous ne les connaissions nous-mêmes... Peut-être est-ce pour cela qu'il ne veut rien dire.

— Si seulement M. Sinclair arrivait à le faire parler !

— A propos, sursauta Evelyn Binussek. Il y a plus d'une demi-heure qu'il est sorti...

— Il ne nous a pas dit combien de temps il resterait absent, déclara Sylvie d'un ton apaisant.

— Tu as raison. Mais cette affreuse impression d'être observé sans répit... Même dans ma chambre. Je sens que je suis en train de prendre cet hôtel en grippe. Quand je pense à la façon dont ça a commencé... Imaginez ma frayeur lorsqu'en voulant essayer le magnétophone avant de le donner aux enfants, j'ai entendu la voix de mon mari ! J'ai cru devenir folle, et je...

— Je te comprends, interrompit Sylvie. Mais le problème n'est plus là.

— Que veux-tu dire ?

— Il y a une logique même chez les zombis, commença la jeune femme d'une voix basse. Un mort ne revient pas sur terre sans raison. On s'en doutait, et John Sinclair nous l'a confirmé. Même si cette raison nous dépasse, nous autres, humains, il y a une explication à toute cette horreur. Nos maris ont peut-être fait quelque chose qui a déclenché le processus. Ce n'est pas possible autrement.

— Peut-être, mais comment le savoir ? soupira Brigitte Buchwald.

— C'est bien pour quoi j'ai sollicité l'aide de John Sinclair, intervint Evelyn Binussek. Lui pourra faire parler Thomas... Ne formaient-ils pas une bande à eux quatre ? Thomas est le seul survivant, après tout... »

A cet intant, comme s'il avait deviné qu'on parlait de lui, le maître d'hôtel s'approcha de leur table.

« Vous ne désirez rien d'autre ? Un café ? Un thé ? demanda-t-il.

— Si, il y a une chose que nous désirerions, Thomas, répliqua Evelyn en se jetant à l'eau.

— Je serais très heureux de vous satisfaire...

— Dîtes-nous ce que vous savez de la mort de nos maris l'an dernier. Parlez-nous de leur comportement les jours précédents. Vous ont-ils confié quelque chose qui, sur le moment, vous ait étonné et qu'ensuite vous auriez oublié, je ne sais pas, moi, n'importe quoi...

— J'étais absent de Kandersteg quand l'accident à eu lieu, soupira Thomas avec un geste d'impuissance.

— Cela, nous le savons, lança Evelyn irritée.

— Alors, que voulez-vous que je vous dise de plus ? Je regrette infiniment... »

Et il s'éloigna d'un pas calme. Les trois femmes échangèrent un coup d'œil à la fois exaspéré et déçu.

« Il est trop poli pour être honnête, maugréa Sylvie Woeber. Je n'arrive pas à lui faire confiance. Il est tellement insaisissable...

— Notre seule chance est que John Sinclair réussisse à le faire parler.

— Je suis sûre qu'il y arrivera, dit Sylvie Woeber.

— Moi aussi, reconnut Brigitte Buchwald. Tout à l'heure, en voyant apparaître Eric, j'étais morte de peur. Mais maintenant, je me sens plus en confiance. »

Les trois amies se turent un instant, perdues dans leurs pensées. Le silence fut rompu par Sylvie Woeber, qui bredouilla d'une voix blanche :

« Là... Là... »

Elle fixait la baie vitrée, tétanisée de terreur.

Cette fois, ce n'était plus simplement un visage grimaçant mais toute une silhouette qui venait d'apparaître.

Elle avançait le long de l'immense vitre, chancelante, grotesque et pourtant affreusement inquiétante. La lumière de la salle à manger éclairait sa face livide.

Incapables de réagir, de prononcer la moindre parole, toutes trois regardaient le mort-vivant, parfaitement reconnaissable : c'était Jérôme Woeber !

Sa femme, le visage gris, s'accrocha au rebord de la table, luttant contre l'évanouissement.

« Mon Dieu, mon Dieu... hoquetait-elle refusant d'en voir davantage. Jérôme... Non !

— Si, hélas ! » souffla Evelyn.

La créature venait d'atteindre la porte donnant sur la salle à manger. Sa chevelure et sa barbe embroussaillées lui mangeaient le visage et ses orbites cernées de noir s'ouvraient sur le vide. Une terrible certitude s'empara des trois amies en même temps : le zombi venait pour elles, pour les tuer !

Les vêtements de fortune qu'il avait troqués contre son linceul, trop courts pour lui, ajoutés à sa démarche d'automate, lui conféraient un aspect ridicule et pitoyable. Mais le lourd revolver qu'il tenait à la main aurait enlevé aux plus courageux l'idée de se moquer de lui.

Il poussa la porte avec une telle violence qu'il manqua tomber, emporté par son propre élan. Il resta quelques secondes encore accroché au battant, puis pénétra dans la pièce.

Les bras qui me serraient étaient d'une redoutable puissance. Et le monstre avait sur moi l'avantage d'avoir attaqué le premier. Presque immédiatement, je sentis les effets de l'asphyxie. Il me fallait agir vite, avant d'être privé de tous mes moyens.

La puanteur qui se dégageait de ce corps à demi décomposé ajoutait à l'horreur de la situation, mais j'étais capable de surmonter le dégoût qui paralyse d'ordinaire les victimes des zombis.

Le monstre me tira brutalement en arrière. Je compris que toute résistance de ma part ne pourrait que lui faciliter la tâche. Il m'étranglerait à coup sûr. Aussi cessai-je de me débattre.

Déséquilibré, le mort-vivant bascula en arrière et relâcha sa prise. Il heurta lourdement l'arête d'une cloison séparant les stalles et j'en profitai pour me dégager.

Je roulai sur moi-même, me retournai et portai la main à mon Beretta, mais l'autre fut plus rapide que je ne l'avais supposé. Son poing m'atteignit à la bouche. La douleur me priva pendant quelques secondes de mes réflexes.

Il n'eut pourtant pas le temps de me porter un nouveau coup. D'un croc-en-jambe, je le déséquilibrai une nouvelle fois, mais il me harponna au passage et m'entraîna dans sa chute.

Ma lampe était tombée, et le mince faisceau lumineux tourné vers le plafond n'éclairait que faiblement l'écurie. Je tendis la main pour essayer de la récupérer mais le monstre ne m'en laissa pas le temps et m'écrasa de tout son poids. Quand ils sont sur le point de tuer, les zombis, ordinairement si malhabiles, deviennent redoutablement adroits.

Cette fois, j'étais vraiment en mauvaise posture.

Ses deux mains se refermèrent étroitement autour de mon cou et je le sentis qui serrait avec une lenteur sadique. Il voulait que je me voie mourir. Une fraction de seconde, je pensai aux forces magiques qui insufflaient une vie surnaturelle à cette machine de mort. Non, elles ne m'auraient pas, jamais !

La rage autant que la peur de mourir décuplèrent mes forces. D'un coup de rein dont je ne me serais jamais cru capable, je parvins à me débarrasser de mon agresseur. Il roula sur le sol. Mais il se rétablit aussitôt et, dans la pénombre, je vis sa main se diriger vers sa ceinture. Le coutelas ! Probablement, celui avec lequel il avait égorgé le cheval...

D'un bond, je fus sur pieds. Mais, encore une fois, mon adversaire me surprit. De sa main libre, il ramassa de la poussière mêlée de brins de paille et me la lança au visage. Je détournai la tête et me cachai les yeux avec la main, perdant ainsi quelques précieuses secondes.

Je ne vis qu'un éclair.

Instinctivement, je roulai sur le côté et la lame vint se ficher dans le bois d'une cloison à quelques centimètres de mon visage. J'avais rarement eu affaire à zombi aussi coriace et aussi agile.

Déjà, il se levait et se ruait sur moi.

Cela avait assez duré.

Je tirai deux coups.

Deux brèves lueurs s'échappèrent de mon Beretta. Il y eut un fracas assourdissant.

L'ombre vacilla, stoppée en plein élan.

Puis le monstre leva les bras et bascula face contre terre, mort pour de bon, mort une deuxième fois.

Une fois encore, les balles en argent béni avaient eu raison de la magie noire. Ce qu'il adviendrait de ce cadavre, qui ne tarderait pas à se décomposer, ne m'intéressait guère. En revanche, je pris soin de récupérer ma lampe de poche.

Je voulais savoir lequel des trois amis m'avait agressé. Aussi le retournai-je sur le dos pour l'examiner.

C'était sans erreur possible Eric Buchwald. L'expression de son visage n'avait pas encore changé et il me fixait de ses yeux morts pour me remercier de ce que je venais de faire.

Je restai encore quelques secondes accroupi à côté de lui, le temps de reprendre mes esprits. La violence de la lutte m'avait surpris et je redoutai d'avoir du fil à retordre avec ses deux compères. Néanmoins, j'étais heureux d'avoir soustrait au moins un de ces trois monstres à la vue de son épouse.

Je me redressai et quittai l'écurie. Si je voulais éliminer les deux autres avant qu'ils ne sèment la panique dans l'hôtel, ce n'était pas le moment de flâner.

Mais je n'avais pas fait trois pas que des hurlements en provenance de l'hôtel me firent redouter le pire...

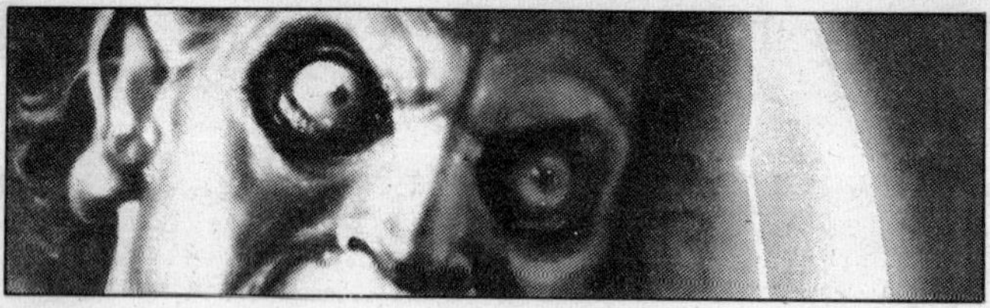

CHAPITRE 11

Sylvie Woeber s'était dressée, livide. La plus têtue et courageuse des trois amies fixait l'apparition, la bouche ouverte, pétrifiée, incapable de remuer un doigt. Tout son sang s'était retiré de son visage et un tremblement convulsif agitait ses lèvres : *Jérôme, Jérôme,* semblait-elle bégayer.

Ses compagnes n'étaient pas plus qu'elle en mesure de réagir. Elles aussi étaient comme fascinées par ce mort-vivant sorti de sa tombe un an après son décès pour fêter à sa manière le macabre anniversaire.

Le zombi venait droit sur elles.

Dans un premier temps, les clients de l'hôtel, surpris par l'apparence du nouveau venu, ne prirent pas immédiatement conscience du danger. Les conversations s'interrompirent et chacun dévisagea l'apparition d'un air choqué. D'irritation, un client renversa son verre et interpella sèchement un serveur :

« Qu'est-ce que c'est que ce guignol ? Est-ce vous qui l'avez fait entrer ? »

Le jeune homme, tout aussi surpris que les autres, s'avança à la rencontre de l'intrus, tandis que chaque table y allait de son commentaire. Evelyn Binussek la première comprit ce qui allait se passer.

« Helmut, non ! cria-t-elle au garçon. N'approchez pas ! »

Mais l'employé ne parut pas l'entendre. Au moment où il posait sa main sur l'épaule du zombi, ce dernier sortit un revolver de sa poche. Le jeune homme vit l'arme trop tard. Déjà, l'autre avait tiré.

Un silence de mort s'abattit sur la salle.

La victime poussa un soupir et plia les genoux, ses deux mains crispées sur le ventre. Jérôme Woeber le regarda rouler à ses pieds. Du sang coula entre les doigts du malheureux qui tressaillit longuement, puis ne bougea plus.

Woeber l'enjamba pour poursuivre son chemin sans que personne dans la salle ait eu le temps de réagir. Le zombi avança de nouveau vers la table de sa femme.

Cette dernière n'esquissa pas le moindre geste. Ses lèvres remuaient mais pas un son n'en sortait.

Ce fut Brigitte Buchwald qui rompit ce silence atroce. Elle poussa un cri étranglé, posa les mains sur la table et tenta de se lever. Mais ses jambes lui refusèrent ce service et elle retomba lourdement sur sa chaise.

A partir de là, tout sembla se dérouler comme dans un film au ralenti. Jérôme Woeber avançait sans chercher à éviter les chaises et les tables qui encombraient son passage. Il les écartait et les renversait sans paraître les voir, brisant la précieuse vaisselle de l'hôtel. Son visage portait encore les traces de la bagarre qui s'était déroulée la veille dans la cabane. Un rictus effrayant lui tordait la bouche. Lorsqu'il ne fut plus qu'à un mètre de la table de sa femme, il leva lentement son bras armé du revolver.

L'orifice du canon n'était qu'à quelques centimètres du visage de Sylvie Woeber.

Elle demeura sans réaction, comme résignée à cette mort. Brigitte Buchwald ferma les yeux pour ne plus voir. Seule Evelyn Binussek fit alors preuve de sang-froid. Après avoir entendu la voix de Claus, elle avait eu le temps, plus que ses amies, de s'armer moralement contre l'horreur.

A l'ultime seconde, elle se jeta sur Sylvie et la poussa de toutes ses forces. La malheureuse, toujours paralysée de terreur, bascula d'un bloc avec sa chaise. Au même instant, le zombi pressait sur la détente.

La balle effleura la joue de sa femme et alla se ficher dans le mur.

Ce fut le signal de la panique.

Tous ces gens qui avaient assisté sans réagir au meurtre du serveur furent comme réveillés par le geste d'Evelyn.

Tous se levèrent d'un bond, criant, renversant les tables, se bousculant vers la sortie. Personne ne faisait attention à personne. C'était le sauve-qui-peut et malheur à celui ou celle qui tombait ! On ne l'aiderait pas à se relever, et c'est à peine si on prenait soin de l'enjamber.

Le zombi, lui, paraissait à la fête.

Il pivota en direction du troupeau qui refluait en désordre et se mit à tirer au hasard.

Fracas de verre brisé, hurlements de panique, claquement des coups de feu... Par miracle, personne ne fut atteint et, en quelques secondes, la salle se vida. Quelques clients, plus malins ou moins affolés que les autres, avaient renoncé à s'enfuir par le hall et avaient gagné la terrasse par une des porte-fenêtres, pour s'égayer ensuite dans le parc.

Le zombi continua de vider son chargeur. Quand celui-ci fut vide, il hocha la tête de dépit et jeta son arme.

Evelyn Binussek avait pris les choses en main et, profitant de ce que le zombi leur tournait le dos, avait entraîné ses amies vers la petite porte de service qui jouxtait leur table. Derrière la porte, elle découvrit un Contini livide et tremblant.

« Vite, aidez-nous, le supplia Evelyn, soutenant, avec Brigitte, Sylvie Woeber défaillante.

— Cer... Certainement, tout de... Tout de suite... bégaya le réceptionniste plus mort que vif.

— Fermez cette porte à clé et aidez-nous à porter notre amie dans sa chambre. Dépêchez-vous, par pitié. »

L'homme obéit sans broncher, retrouvant soudain toute sa célérité.

« L'escalier de service, là », souffla-t-il en tirant le verrou derrière les trois femmes.

De l'autre côté, le zombi, indécis, tournait la tête à droite et à gauche. Un instant, il se dirigea vers la cheminée. A droite, une porte battante communiquait avec les cuisines. Il fit mine de la pousser, puis rebroussa chemin et se dirigea vers la desserte couverte de hors-d'œuvre.

Il s'immobilisa pour considérer cet amoncellement de nourriture puis, empoignant la nappe à deux mains, tira violemment dessus. Salades, charcuteries, gelées et sauces se répandirent sur la moquette en un infect mélange.

C'est alors qu'un cuisinier jaillit des cuisines, armé d'une lourde poêle en fonte et d'un long couteau de boucherie. C'était un homme large d'épaules et corpulent. Une froide détermination se lisait sur son visage et tout dans son attitude indiquait qu'il n'avait pas peur de se battre, fût-ce contre un zombi.

Le mort-vivant le vit et tira un autre revolver de sa poche. Mais l'homme ne lui donna pas le temps de viser et lui asséna un coup de poêle sur la tête. Le zombi encaissa le choc et ploya les genoux. Son adversaire, trop confiant, poussa un cri de triomphe et leva le bras pour l'achever d'un coup de couteau.

Mais, cette fois, le zombi fut le plus rapide. Il tira.

La balle traversa la cuisse du cuisinier.

L'homme lâcha son couteau et s'écroula contre la cheminée en gémissant de douleur. Une tache rouge s'élargissait sur son pantalon tandis qu'il tentait de ramper hors de portée du monstre, qui se désintéressa aussitôt de son sort.

Jérôme Woeber se dirigeait de son pas mécanique vers la porte à double battant qui ouvrait sur le hall.

Des clients s'y étaient regroupés, incapables de la moindre tentative. Evelyn Binussek avait laissé Brigitte et Contini s'occuper de Sylvie et tentait à présent d'expliquer au patron de l'hôtel qu'il fallait de toute urgence retrouver l'Anglais qui avait partagé leur table. Lui seul pourrait mettre ce monstre hors d'état de nuire. L'hôtelier hochait la tête sans comprendre et ne savait que répéter :

« Mon Dieu, mon Dieu, que faire ? Que faire ? »

Lorsque le zombi apparut à la porte, tout le monde reflua en désordre vers le salon de musique. Mais le mort-vivant ne parut pas y prêter attention. Il traversa le hall, passa devant les ascenseurs et se dirigea vers le solarium et le sauna.

« Que va-t-il faire par là ? bredouilla le directeur partagé entre la terreur et le soulagement.

— Mais qui est donc cet homme ? glapit une femme d'une voix hystérique. Pourquoi a-t-il l'air aussi... »

Elle ne trouva pas ses mots et éclata en sanglots.

« C'est un zombi, expliqua Evelyn Binussek d'un ton las. Un mort-vivant... »

En courant vers l'hôtel, je me heurtai aux premiers clients qui s'étaient enfuis par la terrasse. Vu le nombre de baies vitrées qui avaient volé en éclats, je compris que le drame avait commencé pendant que j'affrontais Eric Buchwald dans l'écurie.

J'arrêtai un des fugitifs au hasard. Pas question de me jeter inconsidérément dans la gueule du loup. C'était un homme entre deux âges, vêtu d'un complet bleu marine. Il poussa un hurlement de frayeur et me dévisagea avec des yeux fous. Puis il se recroquevilla sur lui-même, comme s'il attendait des coups.

« Pas de panique, dis-je d'une voix énergique. Qu'est-ce qui se passe ? »

Il abaissa les bras qu'il avait levés pour se protéger la tête et désigna la façade de l'hôtel.

« Il... Il est venu du parc et... il a tiré.

— Des victimes ?

— Oui, je crois. »

Je n'obtiendrais rien de ce pauvre homme terrorisé. J'imaginai les réactions de panique face à un zombi armé d'un revolver et déchaîné.

Puis je pensai aux trois veuves.

Un frisson glacé me courut le long de la colonne vertébrale. Allais-je les retrouver en vie ?

Je me ruai vers la salle à manger et franchis la seule porte vitrée restée miraculeusement intacte.

A l'intérieur, c'était le chaos.

Sur le sol jonché de nourriture, de débris de verre et de vaisselle, entre les tables et les chaises renversées, j'aperçus tout de suite le corps du serveur. Le malheureux tenait encore ses mains crispées sur son ventre. A son regard fixe, je vis qu'on ne pouvait plus rien pour lui.

Une vague de rage froide me submergea et je regrettai soudain l'absence de Pang Lim. A deux, nous aurions eu vite fait de nettoyer la place.

Je m'apprêtai à foncer vers le hall lorsqu'un

gémissement me parvint du côté de la cheminée, où le tournebroche continuait à tourner comme si de rien n'était.

Je découvris le blessé derrière une table et je l'identifiai aussitôt à son costume de cuisinier. Lorsqu'il me dévisagea, je vis dans son regard qu'il souffrait beaucoup, mais qu'il avait encore plus peur que mal.

« Filez ! hoqueta-t-il. Filez pendant qu'il est encore temps...

— Où est-il ?

— Par là. » Et il m'indiqua la porte donnant sur le hall.

L'homme n'étant pas en danger de mort, je me précipitai vers le hall. Un groupe s'était réfugié dans le salon de musique. Le désarroi le plus total se lisait sur leurs visages, car nul ne savait ce qu'il convenait de faire.

Evelyn Binussek m'aperçut et interrompit aussitôt sa conversation avec le directeur de l'hôtel.

« Monsieur Sinclair ! s'écria-t-elle en se précipitant vers moi. Il est dans l'hôtel ! C'est affreux... Affreux... »

Je l'attrapai par les épaules et la secouai sans ménagement pour l'empêcher de s'effondrer. Ses cheveux volèrent autour de son visage.

« Était-ce Claus ? Par où est-il parti ? »

Elle s'abattit contre moi, incapable d'en dire davantage. Le directeur s'avança précipitamment pour la soutenir.

« Il a filé en direction du solarium et du sauna, lança-t-il d'une voix blanche.

— D'accord. Je connais le chemin. Restez là et surtout pas d'imprudence, dis-je en lui confiant la jeune femme.

— Vous... Vous y allez seul ?

— Je préfère, oui. Au fait, y a-t-il une autre issue dans le solarium ?

— Oui, une porte qui donne sur le parc, mais en hiver elle est fermée à clé. »

Je poussai prudemment la porte du couloir qui conduisait au solarium. Il s'agissait en fait d'une petite piscine couverte utilisée pendant la saison froide, relativement longue dans cette région. Je descendis quelques marches et me retrouvai face à la porte à deux battants du solarium.

Avant d'y pénétrer, je vérifiai que mon Beretta était armé. Pas question que ce monstre me prenne par surprise comme son congénère dans l'écurie.

A peine eus-je ouvert que je manquais de suffoquer, tant la chaleur humide contrastait avec l'air frais que je venais de respirer quelques minutes plus tôt dans le parc. La petite piscine et les chaises longues disposées tout autour étaient violemment éclairées par des lampes halogènes.

Il n'y avait pas le moindre recoin d'ombre pour se dissimuler.

Et pas la moindre trace du mort-vivant non plus !

J'aperçus la porte donnant sur le parc. Elle était effectivement bloquée. J'en conclus qu'il avait dû se réfugier dans le sauna, dont la porte en bois verni brillait un peu plus loin sur la gauche.

A vrai dire, je me demandai ce qu'il pouvait bien y faire. Les zombis ne recherchent pas particulièrement la solitude lorsqu'ils partent en chasse. Les bains de foule, et de sang, voilà leur affaire ! Or, le sauna était désert à cette heure. Quant à s'y dissimuler, je n'en voyais pas la raison, les zombis ignorent la peur tout autant que la souffrance. Et l'hôtel était bourré de victimes potentielles... Bref, jamais aucun zombi ne m'avait accoutumé à un tel comportement ; j'étais perplexe.

Je longeai la piscine, prêt à faire feu à la moindre alerte, mais j'atteignis le sauna sans avoir rien remarqué de suspect. Je m'en félicitai, car un combat dans un tel endroit n'aurait pu se terminer que dans l'eau. Or, je n'avais aucune envie de tester les qualités de nageur d'un zombi. Et il y en avait encore deux dans le coin.

La porte du sauna était munie d'une vitre dans sa partie supérieure. Je jetai un rapide coup d'œil à l'intérieur. Personne là non plus. Mais l'ennemi avait bien pu se dissimuler dans une encoignure.

Je poussai la porte avec précaution, agacé par

tant de mystère. Je vérifiai rapidement qu'on ne risquait pas de m'attaquer dans le dos et pénétrai dans le sauna.

Il était relativement exigu et entouré de bancs. Il y régnait une chaleur étouffante. J'entendis un grincement et pivotai d'un bloc.

Mais ce n'était que la porte qui se refermait lentement.

J'eus beau renifler, je ne perçus pas l'odeur de cadavre en décomposition caractéristique des zombis. De toute évidence, aucun monstre ne logeait là.

Il ne pouvait donc s'être caché que dans la piscine. Irrité et mal à l'aise, je décidai d'en faire le tour en examinant de plus près les fauteuils de relaxation. Les matelas épais et moelleux qui les recouvraient me revinrent en mémoire. Le zombi aurait-il pu se dissimuler sous l'un d'eux ?

Je repoussai la porte battante d'un coup de pied, non sans avoir vérifié encore une fois qu'on ne m'attendait pas à l'extérieur. A peine l'eus-je franchi que je le vis.

Il s'était effectivement glissé sous un fauteuil et se relevait à ce moment précis. Il brandissait une arme et fit feu à deux reprises sans prendre le temps de viser.

Jérôme Woeber n'avais jamais dû manier une arme de sa vie. Il tenait son revolver comme d'autres un vase de Chine ! Une balle alla s'écraser contre le mur à plusieurs mètres de moi, l'autre disparut dans l'eau de la piscine.

Il faisait néanmoins preuve d'une certaine agilité, car il se dissimula de nouveau derrière le fauteuil avant que j'aie eu le temps de tirer à mon tour.

Courbé en deux, je me hâtai de contourner le bassin pour le surprendre avant qu'il ne me canarde à nouveau. Mais mon excès de précipitation faillit me jouer un mauvais tour. Je glissai et manquai tomber à l'eau. Je parvins heureusement à retrouver mon équilibre et bondis vers le fauteuil, prêt à faire feu.

J'allais l'atteindre quand le monstre, d'un coup violent, propulsa le fauteuil dans ma direction. Entraîné par ma course, je ne pus l'éviter et il me heurta aux jambes, me déséquilibrant à l'instant précis où je tirai. Ma balle fut déviée et alla se perdre contre un mur.

Je jurai, furieux d'avoir sous-estimé l'ennemi encore une fois. Je payai sur-le-champ le prix de mon erreur.

Il tira, me manqua. Je ne lui laissai pas le temps de recommencer. D'une manchette sur le poignet, je lui fis lâcher son arme, puis, l'empoignant rageusement par le cou, je le précipitai dans la piscine.

Emporté par mon élan, je tombai à l'eau à mon tour.

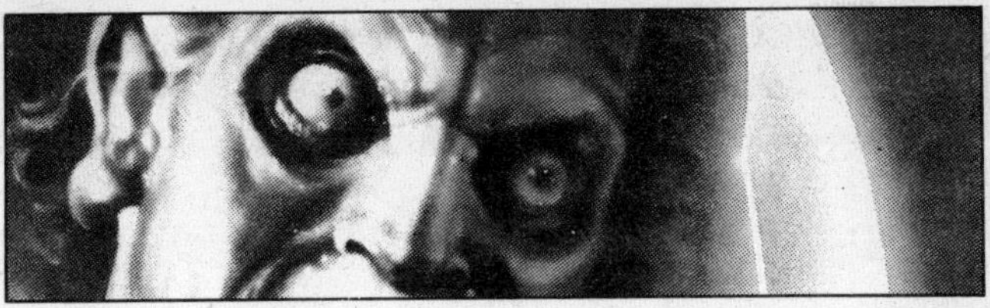

CHAPITRE 12

Je coulai.

L'eau se referma sur moi et je ne vis plus qu'une lueur verdâtre où s'agitait une forme sombre aux contours indistincts : le zombi.

Le temps de toucher le fond, de retrouver mon équilibre et de refaire surface, le monstre m'y avait précédé. Et il brandissait son revolver, bien décidé à s'en servir comme d'une matraque.

Je levai le bras pour me protéger. Ce fut mon

coude qui encaissa le choc. La douleur irradia jusqu'à l'épaule et je ne pus retenir un cri.

La chance voulut que nous soyons tombés dans le petit bain. Je pus sortir la tête de l'eau sans avoir à nager. En fait, j'avais de l'eau jusqu'aux aisselles. Plus petit que moi, le zombi en avait jusqu'au menton.

Dans ma chute, j'avais instinctivement lâché mon arme sur le rebord de la piscine, afin qu'elle ne se mouille pas. Il fallait absolument que je la récupère avant que l'abominable créature ne prenne l'avantage... Mais il n'est guère facile de marcher dans un bassin rempli d'eau ! Je me hâtai néanmoins d'autant plus vite vers le bord que l'ennemi brandissait maintenant un couteau.

Il tenta de me le planter dans le dos, mais je parvins à l'éviter. Ses pieds glissèrent sur le fond et il disparut sous l'eau quelques secondes.

Le temps pour moi de récupérer mon arme.

Lorsque sa figure de rat crevé réapparut, les cheveux et la barbe dégoulinants, je visai entre les deux yeux et lui fis sauter sa cervelle vide.

La balle d'argent tirée à bout portant lui traversa la tête. Sous l'impact, il bascula en arrière, s'enfonça lentement sous l'eau et y resta.

Je le regardai couler, poussai un profond soupir de soulagement, me passai la main sur le visage et entrepris de remonter. Avisant une serviette qui traînait sur un fauteuil, je la récupérai pour me sécher les cheveux. Ce geste avait quelque chose de dérisoire, car mes vêtements dégoulinaient de toutes parts, mais il me fit du bien.

Puis je restai un instant songeur au bord du bassin.

L'homme qui gisait au fond s'était appelé Jérôme Woeber et avait vécu deux vies, l'une normale et l'autre surnaturelle. Mais, désormais, il était mort et bien mort.

D'abord Eric Buchwald, puis lui. Il n'en restait plus qu'un. Claus Binussek.

Quelque chose me disait que celui-là allait me donner du fil à retordre. Où donc était-il fourré ? A l'intérieur de l'hôtel ou toujours dans le parc ? Autant de questions qu'il me fallait résoudre d'urgence si je voulais éviter une hécatombe.

Je quittai la piscine en éternuant tant et plus. Je n'avais pas de vêtements de rechange, cette fois, car je n'avais emporté que deux costumes, et l'autre, après mes ébats dans la neige, était à peine moins trempé que celui-ci. Tant pis, j'en serais quitte pour un bon rhume.

De retour dans le hall, je trouvai les trois jeunes femmes qui m'attendaient, ainsi que M. Contini, le réceptionniste et le directeur, qui tenait une bouteille de cognac à la main. Il me la tendit sans un mot et j'en bus une longue rasade sans me faire prier.

J'eus l'impression d'avaler du feu, mais sentis

aussitôt une délicieuse chaleur se diffuser à travers tout mon corps.

« Excellent remède, n'est-ce pas ? commenta M. Contini avec un pâle sourire.

— Si tous les médicaments avaient ce goût-là, je serais malade d'un bout à l'autre de l'année », répondis-je.

Sylvie Woeber me fixait intensément, sans oser poser la question qui lui brûlait les lèvres.

« Il a enfin trouvé le repos, dis-je avec toute la compassion dont je me sentais capable.

— Puis-je... Puis-je le voir ? demanda-t-elle à voix basse.

— Si vous voulez. »

Nous l'accompagnâmes jusqu'au bord de la piscine. Elle resta quelques secondes immobile, puis éclata en sanglots. Mais je devinais qu'elle était enfin libérée. Ce qu'elle confirma en murmurant :

« Merci, monsieur Sinclair. »

Nous étions assis à présent dans le salon de musique et je racontai à Brigitte Buchwald ce qu'il était advenu de son défunt mari. Elle m'écouta sans une larme. Mais son regard fixe, la pâleur de son visage et le léger tremblement qui agitait ses mains révélaient l'ampleur du drame que vivait cette femme.

« Il ne reste plus que Claus, conclut Evelyn Binussek d'une voix rauque.

— Oui », dis-je en jetant un regard autour de moi.

Les clients avaient pour la plupart refusé de regagner leurs chambres. Ils erraient dans tout le rez-de-chaussée, commentant les événements à voix basse. Je les devinai tendus, inquiets, encore mal remis de leur frayeur. Le cuisinier avait reçu les premiers soins et on attendait une ambulance pour le transporter à l'hôpital, mais son état n'inspirait aucune inquiétude.

On m'avait apporté une couverture que j'avais posée sur mes épaules, mais qui ne suffisait pas à me réchauffer. C'est alors que j'aperçus M. Stahlmenger, le pilote de l'hélicoptère, qui venait de rentrer et que le directeur mettait au courant des dernières péripéties.

« Où peut bien se trouver votre mari ? demandai-je à Evelyn Binussek par acquit de conscience.

— Comment voulez-vous que je le sache !

— Réfléchissez bien.

— Vous savez, me dit-elle en se mordant les lèvres, je n'ai jamais vraiment su ce que nos maris faisaient pendant leurs vacances à Kandersteg. Je vous l'ai expliqué : ils avaient l'habitude de venir séjourner dans cette région bien avant de nous épouser, et plus tard sans nous.

— Et ce maître d'hôtel, Thomas ?

— Il en sait certainement plus que nous ! » s'exclama soudain Brigitte Buchwald. Elle s'interrompit et rougit violemment sous mon regard interrogateur : « Je veux dire, c'est une impression monsieur Sinclair. Mais ce garçon n'est pas net, je le jurerais.

— Il faut que je lui parle. Où est-il ? demandai-je à Contini.

— Je n'en sais rien. Il a disparu, semble-t-il, me répondit celui-ci en regardant autour de nous. Il devrait pourtant s'occuper de réconforter nos clients, ajouta-t-il à l'adresse du directeur.

— Ne bougez pas ! ordonnai-je à ce dernier, qui faisait mine de se lever d'un air contrarié. Il avait sûrement ses raisons pour ne pas rester...

— Qu'entendez-vous par là ? s'offusqua le directeur, qui pensait sans doute que je traitais son maître d'hôtel de lâche.

— Aucune importance, dis-je en me levant. Où loge-t-il ?

— Dans l'annexe de l'hôtel, mais...

— Je m'en occupe. Il est peut-être en danger, déclarai-je pour avoir la paix.

— Naturellement, naturellement... bafouilla le directeur d'un air embarrassé.

— Je viens avec vous, lança Contini en se redressant à son tour.

— Non, restez là ! s'écria au même instant M. Stahlmenger qui avait écouté notre conversation. J'irai, moi. Les clients ont besoin de vous. »

Je ne refusai pas la compagnie de cet homme de sang-froid. Nous sortîmes. Un vent glacial nous pénétra jusqu'aux os dès que nous eûmes franchi la porte d'entrée de l'hôtel.

Tout en longeant la façade de l'établissement, je posai quelques questions à mon compagnon :

« Vous avez connu les trois zombis de leur vivant, n'est-ce pas ?

— Connu est un bien grand mot. De vue, si vous voulez. Nous n'étions pas liés.

— Et ce Thomas ? Que pensez-vous de lui ? »

Stahlmenger prit son temps avant de répondre. Il marcha quelques secondes en silence à mes côtés, puis se décida :

« C'est un garçon honnête. Nous avons fait plusieurs excursions ensemble et je l'ai emmené à plusieurs reprises avec moi à Zürich en hélicoptère. On ne peut rien dire de négatif sur son compte.

— Tant mieux, tant mieux, fis-je, un peu désappointé malgré tout. Au fait, qu'ont dit les médecins à propos des blessures de Christian ?

— Qu'il a eu de la chance. Les projectiles n'ont provoqué aucune lésion susceptible d'entraîner des complications. Il devrait être sur pied dans quelques semaines. »

Nous avions atteint le petit bâtiment dont l'écurie occupait le rez-de-chaussée. Stahlmenger me désigna une petite porte :

« C'est l'entrée.

— Où se trouve sa chambre ?

— Sous les toits. Je vais vous la montrer. »

Il voulut passer devant moi, mais je le retins par la manche.

« Non, non, merci. Attendez-moi ici. Je n'en ai pas pour longtemps. »

Le pilote parut surpris.

« Vous parlez comme un policier qui aurait à interroger un suspect.

— C'est le cas, en effet.

— C'est-à-dire ? Que vous êtes policier ou que vous avez trouvé un suspect ? » demanda-t-il en levant les yeux vers la fenêtre de la chambre de Thomas.

Elle était éclairée.

« Je suis policier. Quant au reste, je ne sais rien encore.

— En tout cas, je peux vous assurer que le garçon n'a rien d'un zombi.

— Un zombi, non, mais vous seriez étonné de l'apparence que prennent certains démons en mission sur terre... Je plaisantais, repris-je vivement en voyant le bonhomme pâlir. J'aimerais seulement que Thomas m'aide à retrouver le troisième larron de cette fichue fête des pères. Alors, vous m'attendez ?

— D'accord, j'ouvre l'œil ! m'assura Stahlmenger en me considérant d'un air quelque peu effaré.

— Appelez-moi à la moindre alerte. »

Il acquiesça d'un signe de tête et je poussai la porte qui ouvrait sur un couloir fraîchement repeint. Je montai rapidement l'escalier et hésitai sur le dernier palier. Trois portes me faisaient face. Je m'apprêtai à frapper au hasard lorsque l'une d'elles s'ouvrit. Thomas avait dû m'entendre.

« C'est vous que je venais voir, dis-je d'une voix neutre.

— Vraiment ? Entrez. »

Il s'effaça pour me laisser passer. Il s'était changé et portait un pantalon de velours marron et un col roulé de la même couleur. J'aperçus un blouson de cuir posé sur un fauteuil.

« Je m'apprêtais à sortir, dit-il en suivant mon regard.

— Ah bon ? fis-je sans chercher à dissimuler mon étonnement. Vous devez pourtant être au courant du drame qui vient de se dérouler à l'hôtel ?

— Vous voulez parler de l'irruption de ce fou ? »

Il parlait d'une voix placide. La chambre était éclairée par deux projecteurs tournés vers le plafond. Un placard occupait tout un mur. Deux fauteuils au centre de la pièce faisaient face à un poste de télévision.

« Non, dis-je en secouant la tête. Il ne s'agissait pas d'un fou, Thomas — d'autant qu'ils sont trois. C'est un zombi qui a semé la panique dans le restaurant. Et vous savez ce que cela signifie, vous, mieux que n'importe qui à Kandersteg. »

Il esquissa un faible sourire, et agita la main d'un air las.

« Épargnez-moi ces histoires d'adolescents férus de films d'horreur, s'il vous plaît, monsieur Sinclair. Nous avons passé l'âge.

— C'est pourtant la vérité », soupirai-je en décidant de ne pas le forcer tout de suite dans ses retranchements. Il fallait le mettre en confiance. « Je suis venu vous voir pour que vous m'aidiez à y voir clair. Tout ce que je sais c'est que je viens de tuer deux zombis on ne peut plus authentiques et que je cours après le troisième... Je sais aussi que vous étiez leur ami de leur vivant, leur ami intime d'après mes renseignements... Vous voyez, j'ai une bonne raison de vous demander de m'aider... »

Thomas eut soudain l'air pensif. Il hocha la tête d'un air compréhensif.

« Si j'en crois la rumeur parvenue à l'hôtel sur l'état de certaines tombes du cimetière et la présence des veuves des défunts à Kandersteg, je suppose que vous parlez de trois hommes que j'ai en effet bien connus jadis... Lequel est encore dans la nature ?

— Claus Binussek.

— Asseyez-vous, monsieur Sinclair, me dit-il en me désignant un des fauteuils. Je pense que notre discussion risque d'être longue... »

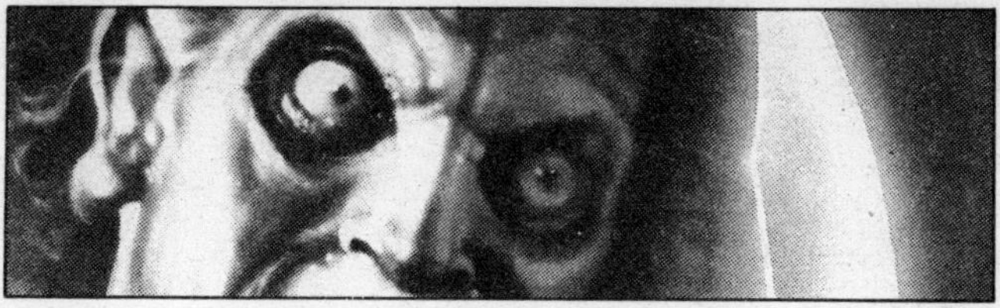

CHAPITRE 13

Je me laissai tomber dans le fauteuil sans prendre garde à mes vêtements mouillés, mais mon hôte n'y fit pas davantage attention.

« Je vous écoute », dis-je en croisant les jambes.

Thomas déplaça le second fauteuil pour s'asseoir en face de moi.

« Je comptais aller faire un tour en boîte, soupira-t-il. Mais tant pis, ce sera pour une autre fois.

— Il y a peut-être, en effet, des choses plus urgentes, dis-je un peu plus sèchement que je ne l'aurai voulu.

— Pas de morale, s'il vous plaît ! se braqua aussitôt le garçon. Dites-moi plutôt ce que vous voulez savoir.

— Claus Binussek, Jérôme Woeber et Eric Buchwald, trois inséparables, venaient souvent ici, commençai-je. Ils sont morts dans des conditions qui n'ont jamais été élucidées. Lesquelles, Thomas ? J'aimerais que vous éclairiez ma lanterne à ce sujet. »

Je le vis regarder distraitement le placard dans mon dos. Il réfléchit quelques secondes puis murmura :

« Pourquoi pensez-vous que je puisse vous aider ?

— Vous étiez souvent ensemble, il est possible qu'ils vous aient confié certaines choses qui, à la lumière des derniers événements, pourraient prendre un relief particulier... Essayez de vous souvenir, Thomas. Même des détails... Il faut que je sache pour quelle raison ils ont quitté leur tombe.

— Nom d'un chien, je n'en sais pas plus que vous ! »

Je décidai de le provoquer.

« Ça, je n'en suis pas si sûr. Et j'ai même l'impression que vous mentez, Thomas.

— Qu'est-ce qui vous fait dire ça ? lança-t-il avec un rire bref.

— Mon intuition.

— C'est leurs femmes qui vous ont monté la tête, hein ? dit-il non sans amertume. Et puis après tout, qu'importe !... Vous avez raison, j'en sais long sur cette affaire, pourquoi ils sont morts ou plutôt pourquoi on les a tués.

— Eh bien, vous voyez... J'ai eu raison de vous rendre visite.

— Peut-être, reconnut-il avec un sourire contraint. C'est une histoire assez singulière. On m'aurait pris pour un fou si j'en avais raconté le tiers... Croyez-moi si vous voulez, mais ils y sont allés volontairement, lucidement. Vers la mort, je veux dire. Ils étaient têtus. Ils ont fini par trouver ce qu'ils cherchaient depuis leur adolescence...

— Et vous ?

— Moi ? Mais ils m'appartenaient, monsieur Sinclair ! Ils m'ont toujours appartenu, ces trois messieurs ! » s'exclama-t-il avec un sourire que je trouvais cette fois franchement sarcastique.

Je me raidis sur mon siège.

Il laissait tomber le masque, ce trop innocent jeune homme, mais je décidai de faire encore comme si je ne comprenais pas. Il prit une cigarette dans une boîte ouvragée et l'alluma d'une main qui ne tremblait pas. Thomas allait être un adversaire redoutable.

« Un jour que nous étions au lac, dit-il en recrachant la fumée, ces jeunes exaltés m'ont pressé de questions sur lui. Ils voulaient une preuve de Son existence...

— L'existence de qui ?

— Du Diable. »

Cette réponse donnée avec le plus parfait naturel m'électrisa des pieds à la tête. Mais je me gardai bien de le montrer.

« De quoi parlez-vous ? demandai-je en écarquillant peut-être un peu trop les ycux.

— A votre tour de ne pas jouer l'innocent, Sinclair !

— D'accord. Au point où nous en sommes, vous pouvez me dire pourquoi ils sont morts ?

— Ils aimaient les rives de ce lac, poursuivit Thomas, ignorant mon interruption. Toute cette solitude... Ils en profitaient pour parler de philosophie, de métaphysique, du surnaturel...

— De Dieu aussi ? suggérai-je avec une nuance de provocation dans la voix.

— Ne prononcez pas ce nom devant moi, si vous voulez savoir quelque chose ! gronda Thomas le regard étincelant de colère.

— Pourquoi ? Vous avez peur ? »

Mais l'autre fit mine de ne pas entendre.

« Ils étaient jeunes à l'époque. C'étaient des étudiants, ils avaient la vie devant eux et se passionnaient pour les sciences occultes. Ils prirent une sorte d'engagement : pendant l'année, chacun devait se documenter et se former de son côté, après quoi ils se retrouveraient ici, à Kandersteg, pour échanger leurs expériences. Ils parvinrent — seuls, je dois dire — à la conclusion que c'était Satan qui tenait les rênes, que tout partait de lui et revenait à lui... »

Lorsqu'il prononça le nom du Diable, ses yeux se mirent à briller. Je commençai à me douter de son rôle, mais le laissai continuer sans l'interrompre. D'ailleurs, il était lancé maintenant.

« Satan l'Éternel, l'Omnipotent !... Ces trois gosses s'étaient mis dans la tête de recommencer l'expérience de Faust et prêtèrent serment sur les rives du lac. Je salue au passage leur ténacité et aussi leur courage : ils réussirent ce à quoi peu d'hommes étaient parvenus avant eux : entrer en contact avec l'Enfer. Le Diable les entendit et se déclara prêt à leur accorder la vie éternelle, mais pas tout de suite. Ils devaient revenir plus tard... Ils acceptèrent et reprirent une vie normale : carrière, mariage et enfants. Ils faillirent même y prendre goût, mais une petite flamme brûlait au fond d'eux-mêmes, les empêchant, par exemple, de mettre les pieds dans une église. Quand ce fut l'heure, cette flamme s'intensifia comme soufflée par un vent violent, et tout s'éclaira pour eux... Ils revinrent à Kandersteg car le Diable les avait convoqués.

— Et votre rôle là-dedans ?

— Ils m'avaient connu sous les traits d'un banal maître d'hôtel féru d'occultisme. Ils m'ont toujours considéré comme un homme ordinaire. Que je sois envoyé par Satan pour les surveiller ne les concernait pas. Mon rôle est de ne jamais perdre de vue ceux qui passent un contrat avec le Diable. On ne défie pas impunément Satan !... Cela se passait l'an dernier à la même époque. Nous nous sommes rendus ensemble sur les bords du lac d'Oeschinen, sur les lieux de leur serment. Ils ne pensaient qu'à cette vie éternelle que Satan leur avait promise, les imbéciles ! Ils croyaient ne jamais quitter la terre, comme s'il s'agissait seulement d'avaler une potion magique ! »

Thomas perdait son sang-froid. Le mépris et la fureur lui tordaient le visage. Je commençais à entrevoir la vérité.

« Je leur ai demandé s'ils étaient prêts à obéir à Satan, poursuivit-il, et ils m'ont répondu que oui. C'est alors que je leur ai révélé les conditions fixées par mon maître pour accéder à la vie éternelle...

— Il leur fallait d'abord mourir, n'est-ce pas ?

— Oui, Sinclair. C'était le prix à payer, mais ces jeunes prétentieux n'avaient pas envisagé les choses sous cet angle. Le Diable exigeait un suicide collectif en contrepartie, naturellement !

— Comment ont-ils réagi ?

— Comme de pauvres êtres humains face à la mort. Ils ont essayé de se soustraire à leur sort, mais nous ne leur avons laissé aucune chance.

— Vous les avez tués, constatai-je.

— Bien entendu.

— Comment vous y êtes-vous pris ?

— C'est sans importance. Ils sont morts et tout le monde a pris cela pour un accident. On les a retrouvés, puis enterrés à Kandersteg. Le Diable oblige toujours ceux qui passent un contrat avec lui à tenir leur promesse. Et il a choisi ce jour anniversaire de leur mort pour les contraindre à sortir de leur tombe, semer la terreur et se conduire comme de misérables machines à tuer ! »

Il éclata d'un rire sardonique.

« Malheureusement pour vous, observai-je, j'en ai déjà anéanti deux.

— Hélas, oui... Mais vous n'étiez pas prévu au programme, Sinclair. Je sais qui vous êtes. On vous appelle le chasseur de spectres et vous avez déjà jeté plusieurs boules dans le jeu de quilles de Satan. Félicitations ! Une chose m'intrigue, cependant... Comment avez-vous été mis au courant de la date de leur retour ?

— Par une bande magnétique.

— Hein ?

— Hé oui ! il y a toujours un détail auquel même le Diable ne pense pas. Impossible de tout contrôler, n'est-ce pas ? Et les morts eux-mêmes ont des sentiments ! Ces trois-là avaient projeté de faire venir leurs femmes à Kandersteg le jour de leur résurrection, figurez-vous. Ils voulaient sans doute partager avec elles ce moment exceptionnel et, qui sait, les emporter avec eux dans la tombe... Evelyn Binussek a reçu un message de Claus enregistré sur une bande qu'elle croyait encore vierge. Elle avait déjà des doutes sur les circonstances de la mort de son époux. Ce surprenant message a achevé de la convaincre, et elle est venue me trouver pour me demander d'élucider cette ténébreuse affaire. »

Thomas eut un signe de tête admiratif.

« Bravo ! Votre réputation n'est pas surfaite... D'autres questions ?

— Et si vous m'en racontiez un peu plus sur votre compte ?

— Oh ! moi, vous savez, je ne suis qu'un comparse !

— Êtes-vous humain ? »

Il éclata de rire et leva les bras au ciel.

« Ai-je l'air d'un animal ?

— D'accord, fis-je en souriant. Laissons cette question de côté. Comme je vous le disais, deux des trois zombis ont été anéantis. Il me manque le troisième. Auriez-vous l'amabilité de me révéler où il se cache ? » ironisai-je.

Pour toute réponse, il éclata de rire.

Je l'imitai afin d'endormir sa méfiance et sortis brusquement ma croix.

Je le pris totalement au dépourvu. Son rire se figea et je le vis blêmir sous son bronzage. Puis il vira au vert. Un tic nerveux agita ses paupières et les commissures de ses lèvres. A sa respiration sifflante, je compris que j'avais fait mouche.

Ma croix avait toujours été ma meilleure arme face aux démons. Consacrée par le prophète Ezéchiel alors en détention à Babylone, elle était gravée de l'œil omniscient, ce vieux symbole de l'Ancien Testament déjà sacré chez les Egyptiens de l'Antiquité.

« Regarde cette croix, dis-je d'une voix douce. Regarde ce signe, le seul qui impose le respect à Satan. Tu ne peux rien contre elle. Si tu ne me dis pas où se trouve le troisième zombi, elle t'y contraindra. »

Thomas vacilla, levant les mains en un réflexe de défense. Je savais qu'il ne craignait pas de mourir, mais la vision de ma croix lui procurait une souffrance intolérable.

« Je t'ai posé une question...

— Oui...

— Si tu ne réponds pas, je vais plaquer cette croix sur ton visage... Tu sais quelle marque elle laisse sur la peau des démons et de leurs suppôts, elle les brûle plus profondément que le fer rouge.

— Arrête ! » cria-t-il haletant de terreur.

Je me tus pendant quelques secondes, puis j'ajoutai doucement :

« J'écoute... »

Il ouvrit la bouche. Mais déjà, il n'était plus vraiment un être humain. La bave qui lui coulait sur le menton était verdâtre, ce qui révélait que j'avais affaire à une créature démoniaque. Il s'essuya du revers de la main et je constatai de nouveau qu'il tremblait.

« Je sais où il se cache... haleta-t-il.

— Alors, parle. »

Mais il tergiversait. A demi-mort de peur, il hésitait encore. L'emprise de Satan sur lui était bien réelle.

J'agitai la croix avec impatience.

« Tu n'as donc pas encore compris que tu ne t'en sortirais pas comme ça ! Je suis en mesure de t'anéantir.

— C'est impossible !

— Ah ! oui ? Et pourquoi ?

— Satan me protège.

— La belle affaire ! Qui est Satan ? Lui non plus ne peut rien contre la croix. »

Il ferma les yeux et tenta une nouvelle ruse.

« Si tu enlèves cette croix de ma vue, je te dirai où se cache Claus Binussek.

— Vraiment », fis-je sur un ton qui laissait deviner que je ne croyais pas un mot de ses promesses.

Il le comprit et agita la main en signe de reddition.

« D'accord, tu vas le voir, Sinclair, maudit chien ! J'ai tout de suite senti quel danger tu représentais pour eux et j'ai voulu en sauver au moins un de tes balles d'argent... »

Il continua à parler d'une voix chargée de haine, mais je cessai brusquement de prêter attention à ce qu'il racontait. Quelque chose avait changé dans la chambre. Ma croix avait détecté le danger, elle aussi. Elle se réchauffait dans ma main, comme toujours à l'approche d'une force surnaturelle...

Satan se tenait-il invisible entre nous ?

Il adorait ça ; je le connaissais bien mon vieil ennemi, je connaissais tous ses tours. Je savais aussi qu'il n'abandonnerait jamais la partie entamée avec moi.

Et puis je sentis l'odeur.

Ça puait la tombe, le cimetière, la mort.

Cette puanteur qu'exhalaient les zombis.

Je bondis sur mes pieds.

Une inquiétante lueur de triomphe venait de s'allumer dans le regard de Thomas.

C'est alors que j'entendis le bruit.

Une sorte de gargouillement...

Le zombi !

Il s'avançait vers moi, vacillant sur ses jambes, mais bien décidé à me tuer.

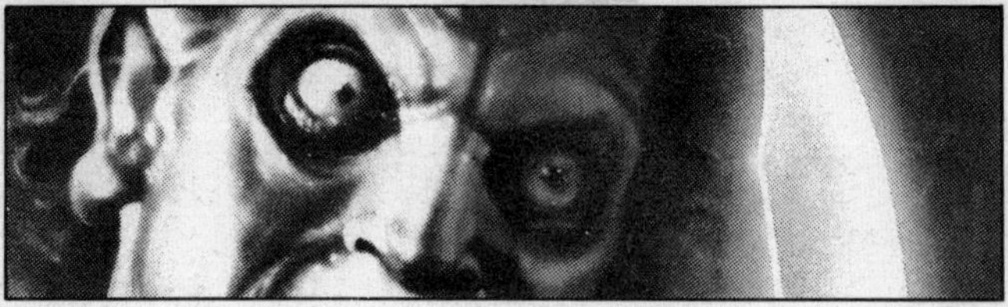

CHAPITRE 14

Le monstre brandissait dans chaque main un couteau de boucher à large lame et s'apprêtait à me les planter dans le dos.

Une fraction de seconde, le spectacle me pétrifia de stupeur, puis mon sang ne fit qu'un tour et mon cerveau se mit à fonctionner à toute vitesse.

Quel idiot je faisais ! Claus Binussek s'était naturellement dissimulé dans le vaste placard derrière moi. Il avait réussi à pousser les deux portes sans faire le moindre bruit, ce qui était un exploit pour un zombi. Cette erreur d'appréciation faillit me coûter la vie.

Son corps portait les traces du rude combat qui l'avait opposé aux deux jeunes gens dans la cabane. Le coup de hache lui avait ouvert l'épaule.

Cette fois encore, je ne dus la vie qu'à mon flair aiguisé par mes fréquentes rencontres avec ce genre de créatures. J'avais bondi au bon moment, mais ne me trouvai pas pour autant en posture favorable.

La chambre était petite et nous étions trois ; cela laissait peu d'espace pour se déplacer face à un monstre armé de deux couteaux. En voulant me placer hors de portée, je heurtai une table basse, me fis mal au genou et faillis perdre l'équilibre.

Ma maladresse me sauva. Les lames sifflèrent à quelques centimètres avant d'aller lacérer le dossier du fauteuil où j'étais encore assis quelques secondes plus tôt. Le kapok jaillit et se déversa sur la moquette.

J'évaluai la distance qui me séparait de la porte.

« C'est ça, tue-le ! hurla Thomas. Débarrasse-nous de cette vermine. Plante-lui tes couteaux dans le ventre. »

Je ne prêtai pas attention aux incantations de cette créature démoniaque. Tant qu'elle se contentait d'asticoter l'autre, elle n'était pas dangereuse. Heureusement, ma croix l'empêchait de porter la main sur moi. Mais le zombi, lui, ignorait la peur. Il me fixait de ses yeux morts et continuait d'avancer, véritable robot programmé pour tuer.

Je le laissai approcher puis, d'un magistral coup de pied que m'avait appris Pang Lim, féru d'arts martiaux, je fis voler l'un des couteaux jusqu'en haut de l'armoire.

Surpris par la rapidité de mon attaque, le zombi recula jusqu'au placard ouvert dans son dos.

Je dégainai mon Beretta.

Le monstre comprit le danger. Je vis sa bouche s'ouvrir et se refermer spasmodiquement. Voulait-il parler ? Mais il ne sortit de son gosier qu'un gargouillis incompréhensible. Je fis feu presque aussitôt.

La balle d'argent l'atteignit en pleine poitrine et le choc fut tel qu'il recula encore et bascula dans le placard.

Les trois zombis de Kandersteg ne feraient plus de mal à personne. Mais les choses n'étaient pas terminées, loin de là.

Restait celui qui avait monté toute l'affaire pour le compte de Satan... Je me retournai et le cherchai des yeux.

Il avait disparu.

La porte d'entrée était ouverte. Furieux, je m'élançai à sa poursuite. Tant que ce démon rôderait dans la région, personne ne pourrait dormir tranquille...

Heinz Stahlmenger avait beau être chaudement vêtu, cette attente dans la nuit glacée ne l'amusait pas outre mesure. Il aurait préféré retourner à l'hôtel, mais il avait promis...

Il faisait les cent pas, soufflant dans ses doigts engourdis par le froid. John Sinclair était monté depuis un bon quart d'heure. Il pesta contre la ténacité des Anglais, persuadé, quant à lui, de l'innocence de Thomas. Le jeune homme respirait la droiture et la santé. Sinclair ne l'avait jamais vu, comme lui, jouer les boute-en-train au bar de l'hôtel.

Néanmoins, cette attente qui se prolongeait commençait à l'inquiéter. Aucun bruit ne parvenait de là-haut et Stahlmenger jetait des regards de plus en plus fréquents à la petite porte en se demandant ce qui pouvait bien se passer sous les toits.

Finalement, il se décida à monter voir.

A peine eut-il ouvert la porte donnant sur l'escalier qu'il perçut les piétinements sourds qui descendaient de là-haut. Il attendit alors, un pied sur la première marche.

Une silhouette apparut.

C'était Thomas !

Il semblait curieusement pressé. Il avait même tout l'air d'un fugitif aux abois. Stahlmenger le découvrait brutalement sous un autre jour. Ce trop charmant garçon s'en serait-il pris à Sinclair ?

« Halte ! » cria le pilote en se plaçant en travers de l'escalier.

L'autre éclata de rire et le frappa au visage à toute volée. Stahlmenger n'eut pas le temps d'esquisser un geste de défense. Sa tête heurta le mur et il glissa sur le sol, hors de combat.

Sonné, il entendit encore un rire sardonique et une voix qu'il ne reconnut pas, tant la haine et la rage la transformaient, lui lança :

« Tu croyais m'arrêter, pauvre fou ! »

Un souffle d'air froid indiqua au malheureux que son agresseur venait d'ouvrir la porte pour se fondre dans la nuit.

Au bout d'un long moment, il parvint enfin à s'asseoir et s'adossa au mur pour vérifier que les os de son visage étaient tous intacts.

Il venait de constater qu'il n'avait rien de cassé, lorsqu'une nouvelle dégringolade l'alerta. Et si ce n'était pas Sinclair ?

Mais c'était lui.

Pas besoin d'explications pour comprendre ce qui venait de se passer en bas des escaliers. Thomas avait assommé Stahlmenger. Encore une chance qu'il ne l'ait pas trucidé...

Je m'accroupis à son côté, passablement inquiet.

« Ça pourrait aller plus mal, grimaça-t-il. Je me suis laissé bêtement surprendre.

— Ça arrive, mon vieux, dis-je en l'aidant à se remettre debout.

— Mes lunettes sont cassées, mais ce n'est pas le plus difficile à réparer, plaisanta le pilote en se frottant le crâne.

— Avez-vous vu de quel côté il a filé ?

— Non.

— Bon. Allons-y.

— Le zombi ?

— Détruit. »

Stahlmenger ne fit aucun commentaire. Il se releva et se mit à marcher à mes côtés en se tenant la tête. L'air frais de la nuit lui fit du bien. Je pus alors lui demander au bout de quelques pas :

« Auriez-vous une idée de l'endroit où il pourrait se rendre ?

— Je ne le connais pas à ce point-là, soupira-t-il.

— Il possède une voiture ?

— Je crois, oui.

— Alors, il va... »

Stahlmenger me coupa la parole en posant la main sur mon bras.

« Elle est en réparation. C'est moi qui l'ai accompagné au garage... Mon Dieu, j'ai l'impression qu'il y a un siècle de ça ! A mon avis, il va se cacher dans Kandersteg...

— Il peut encore voler une voiture.

— Oui, c'est possible... Si on prévenait la police ?

— La police sait arrêter les truands, pas les suppôts de Satan, fis-je d'un ton sceptique.

— Bon sang, comment n'y ai-je pas pensé ! s'exclama soudain mon compagnon. Il va s'enfuir en train, bien sûr ! Il y en a encore un qui doit franchir le tunnel ce soir. Oui, c'est cela qu'il va faire...

— Le train part à quelle heure ? »

Stahlmenger consulta brièvement sa montre.

« Dans un quart d'heure environ. Si vous voulez, prenons ma voiture. Mais je préfère que ce soit vous qui conduisiez... »

Je m'arrêtai devant la gare dans un grand crissement de pneus. Nous nous précipitâmes à l'intérieur. Le train était encore à quai et on chargeait les voitures.

Derrière leur volant, les conducteurs attendaient tranquillement, phares allumés, pour éclairer la manœuvre.

Nous échangeâmes un regard, Stahlmenger et moi. Thomas pouvait s'être caché sous le châssis d'une voiture, dans un coffre, entre deux wagons ou dessous. La gare était relativement déserte et quelques rares cheminots se contentaient de vérifier le chargement des véhicules. Bien entendu, il n'y avait personne pour les fouiller.

J'avisai l'un d'eux, qui avait une bouille sympathique. Il devait connaître mon compagnon, car je l'avais vu le saluer de loin d'un bref signe de la tête.

« Que venez-vous donc faire ici à cette heure ? plaisanta-t-il en s'adressant à Stahlmenger. Votre hélicoptère est en panne ?

— Trouvez un prétexte plausible, soufflai-je à mon compagnon. Il ne faut surtout pas éveiller les soupçons.

— Une promenade digestive, répondit le pilote avec un naturel parfait. Un ami londonien est venu me rendre visite. Il part demain et ça l'amusait de voir ce train à voitures.

— Vous auriez dû venir un jour d'embouteillage !

— Mon ami n'est que de passage... Au fait, à quelle heure part-il ?

— Dans trois minutes. Vous voyez, le spectacle ne va pas être long.

— Merci », fit Stahlmenger en m'entraînant.

Je saluai d'un signe de tête et l'homme porta un doigt à sa casquette.

« Il nous reste peu de temps, soupira mon compagnon.

— Raison de plus pour ne pas le perdre. »

Nous longeâmes les wagons, qui étaient en fait des plates-formes surmontées d'un toit soutenu par des arceaux. Entre les arceaux, un solide grillage empêchait les passagers qui se seraient imprudemment engagés sur les plates-formes en descendant de voiture de tomber sur la voie. Il leur était d'ailleurs rigoureusement interdit de quitter leur véhicule.

Assis à l'intérieur, ils nous regardaient passer d'un œil morne. Pas de Thomas au milieu d'eux, il fallait s'y attendre.

Il n'y avait que douze voitures en tout. Parvenu en bout de train, je m'arrêtai, indécis. Le vent de la nuit qui venait des montagnes sentait la neige.

« Ainsi, murmura Stahlmenger, profitant de ce répit pour satisfaire sa curiosité, votre métier consiste à vous occuper de zombis et d'autres créatures de ce type ?

— Oui.

— Et vous êtes encore en vie ? s'esclaffa Stahlmenger. Comment est-ce possible ?

— Oh ! une solide formation et un bon ange gardien, je suppose.

— Votre ange gardien doit être très compétent !

— Je ne l'aurais pas choisi, sinon », répondis-je légèrement en me retournant pour observer de nouveau le train.

L'employé à qui nous avions parlé consultait sa montre et la rangeait dans sa poche.

« Sacré nom d'une pipe ! s'exclama Stahlmenger en retrouvant son sérieux. Ce fichu train va partir ! »

Je serrai les dents sans faire de commentaire.

Un coup de sifflet et le train s'ébranla.

Mon regard tomba soudain sur une pancarte

annonçant qu'il était interdit de monter ou de descendre d'un train en marche.

Apparemment, Thomas ne l'avait pas lue.

Je le découvris presque aussitôt de l'autre côté du train. Il avait dû se dissimuler derrière un tender et bondir dès que le convoi s'était ébranlé. Accroché au grillage, il avait entrepris d'escalader un wagon, comptant probablement traverser le tunnel allongé sur le toit.

Stahlmenger l'aperçut en même temps que moi.

« Il est là ! » s'écria-t-il en tendant le bras.

J'abandonnai mon compagnon et me ruai à la poursuite du serviteur de Satan. D'un bond, je parvins à m'accrocher à la rampe du dernier wagon. Puis je sautai sur le marche-pied.

Lorsque je me retournai, je vis s'éloigner les visages de l'employé et de Stahlmenger. Ils avaient l'air aussi stupéfaits l'un que l'autre...

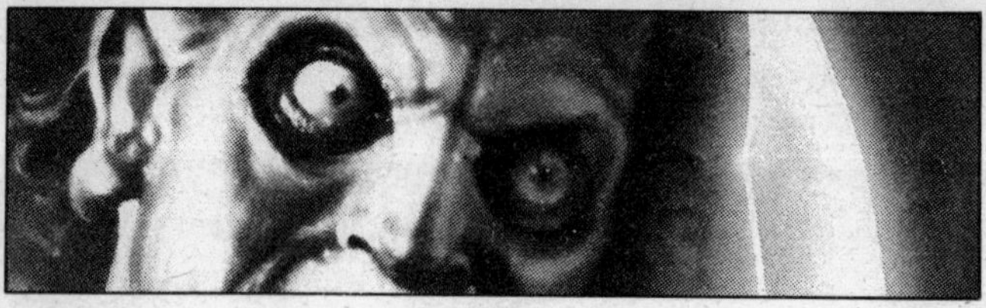

CHAPITRE 15

Je ne savais pas dans combien de minutes nous pénétrerions dans le tunnel, mais il fallait absolument que je change de position, d'autant que le train allait prendre de la vitesse.

Le convoi quitta la gare et plongea dans la nuit. Le vent froid me giflait le visage et m'arrachait des larmes. De plus, avec mes vêtements toujours humides, je n'étais guère à la fête.

Les passagers des voitures m'avaient-ils aperçu ? Je n'en savais trop rien et m'en souciais peu. Les premiers véhicules se trouvaient à une bonne dizaine de mètres de moi, car le dernier wagon était à moitié vide.

Le train pénétra dans une petite vallée encaissée. J'entendis les bouillonnements d'un torrent en dessous de moi. Quelques lumières brillaient encore sur les façades des rares maisons juchées à flanc de vallée.

Mais je n'avais pas le temps de regarder ! Il me fallait coûte que coûte rejoindre Thomas avant d'entrer dans le tunnel, sinon ce suppôt du Diable profiterait du noir absolu pour m'éliminer. Son maître avait le pouvoir de le faire voir la nuit, pas moi.

Mais où était-il passé ? Déjà sur le toit ? Ou bien en équilibre sur les tampons entre deux wagons ? Peut-être tout simplement allongé derrière une voiture, prêt à me sauter dessus si je passais à sa hauteur...

Quoi qu'il en soit, je ne pouvais pas rester sans rien faire. Je parvins à grimper sur la plate-forme et m'approchai des voitures. Ce n'était guère aisé car le wagon brinquebalait et je faillis à plusieurs reprises être projeté contre le grillage de protection.

Le vent avait augmenté proportionnellement à la vitesse du train, j'étais transi et je ne sentais plus mes doigts.

Soudain, j'éprouvai un pressentiment désagréable. Dans la dernière voiture, le conducteur se retourna. Peut-être m'observait-il depuis un moment dans son rétroviseur.

Comment allait-il réagir ?

Le train venait d'entrer dans le tunnel.

Un noir absolu me tomba sur les épaules comme une chape de plomb.

Je sentis mon rythme cardiaque s'accélérer.

Le vacarme des roues, répercuté par les parois du tunnel, devint assourdissant. L'air autour de moi empestait le mazout recraché par la locomotive Diesel. Il s'y mêlait une odeur de poussière et de renfermé, car la ventilation devait être assez sommaire.

Brusquement, dans tout ce noir, ce vacarme et cette puanteur, je crus entendre un éclat de rire satanique. Le Diable s'apprêtait-il à m'ouvrir toutes grandes les portes de l'enfer ?

Je me ramassai sur moi-même, offrant le moins de prise possible. En quelques secondes, je me sentis de nouveau d'attaque. Mes yeux s'étaient accoutumés à la pénombre et je repris mon avance.

J'étais obligé de longer les voitures. Par chance, il y avait suffisamment de place entre les véhicules et la grille de protection. Curieusement, les passagers n'avaient pas pensé à allumer le plafonnier de leur véhicule. Dans cette voiture, j'avais repéré un couple. Peut-être profitaient-ils de cette pénombre complice pour s'embrasser à loisir.

Je contournai la voiture et atteignis le pare-choc de la suivante. Je demeurai accroupi, immobile, tendant l'oreille, mais le vacarme du convoi engloutissait tous les autres bruits.

Thomas avait décidément la partie belle...

Je me redressai légèrement et le conducteur m'aperçut. Je le vis remuer à l'intérieur et il alluma son plafonnier. Il ne pouvait voir de moi qu'une forme floue. Moi, par contre, je distinguai nettement ses traits. Il était gris de peur.

La main plaquée sur la bouche, il était sur le point de hurler. Il fallait l'empêcher à tout prix de céder à la panique. Je sortis ma carte de Scotland Yard, ouvris sa porte qu'il n'avait pas pris soin de verrouiller et lui lançai :

« Police ! »

Il était à la fois bien trop effrayé et soulagé pour s'aviser qu'il s'agissait d'un document anglais ou, du moins, pour s'en étonner. Je dus crier pour me faire entendre.

« Éteignez ce plafonnier !

— Oui... Oui, dit-il en s'exécutant.

— Merci », fis-je en poursuivant ma progression.

Presque aussitôt, je devinai un mouvement au-dessus de moi. Mais je n'eus pas le temps de me défendre et mon crâne encaissa le choc. Par chance, le ballottement du wagon avait déséquilibré mon agresseur et je ne fus qu'étourdi. Je reculai instinctivement et fus arrêté par le grillage de protection qui m'évita de basculer sur la voie.

Dissimulé derrière la voiture, le démon m'avait attendu. Il frappa une deuxième fois avant que j'aie eu le temps de reprendre mes esprits. Je tombai sur les genoux en laissant échapper un gémissement de douleur.

Le monstre poussa son avantage et m'expédia d'un coup de pied contre le pare-choc du véhicule dont j'avais involontairement terrorisé le propriétaire. Cet imbécile avait rallumé son plafonnier, facilitant ainsi la tâche de mon adversaire, et se garda bien d'intervenir.

Et pourtant il ne pouvait pas ne pas me voir !

De même sans doute que les passagers des autres voitures alentour. Aucun d'eux ne semblait vouloir me porter secours. Mais cela ne m'étonnait pas. J'avais l'habitude de ne compter que sur mes propres forces, et jamais sur mes congénères.

Je sentis sur mon visage le froid des plaques de tôle du soubassement des wagons. Thomas était un ennemi redoutable, jeune et sportif. Il savait se battre et sa haine à mon égard décuplait ses forces. Il se rua sur moi, passa un bras autour de mon cou, bloqua ma gorge au creux de son coude et m'agrippa par les cheveux. Je devinai aussitôt son intention : il voulait me briser la nuque.

Mais sa voix sifflante et froide me détrompa :

« Je vais t'égorger, John Sinclair. Et quand tu sentiras le froid de ma lame sur ta gorge, il sera trop tard... »

Je tentai de me redresser, mais il m'en empêcha. La peur s'insinua en moi. Elle n'eut cependant pas le temps d'achever de me priver de mes dernières forces, car je reçus une aide inespérée.

L'automobiliste à qui j'avais montré ma carte de Scotland Yard ouvrit brusquement sa portière, sauta de son véhicule et frappa mon adversaire avec un extincteur. Peu accoutumé à ce genre de sport, il rata le crâne du maître d'hôtel, mais le toucha à l'épaule.

Le choc et surtout la surprise furent suffisants pour que l'autre lâche prise.

Je me redressai, comme mû par un ressort, et achevai de repousser Thomas d'un coup de coude en pleine figure. Il bascula en arrière et tomba assis.

« Fichez-le-camp ! » cria l'automobiliste aussi affolé que téméraire.

Non seulement je n'en avais aucune intention, mais j'en aurais été incapable. Ma tête me faisait atrocement souffrir et je vacillais sur mes jambes. J'ouvris la bouche, aspirai goulûment l'air glacé et fermai les yeux.

Un hurlement me tira de ma léthargie.

L'automobiliste...

Je rouvris les yeux pour le découvrir effondré au volant de sa voiture. Une balafre sanglante barrait son visage. Thomas s'était vengé d'un coup de lame de rasoir...

Je n'eus que le temps de dégainer mon Beretta, le jeune maître d'hôtel passait de nouveau à l'attaque. Mais il vit mon arme et, avant que j'aie le temps de tirer, il se faufila entre les voitures et le grillage de sécurité, bientôt englouti par la pénombre.

Il ne perdait rien pour attendre...

Je renonçai à le poursuivre pour m'occuper du brave homme qui venait de me sauver la vie. Sa joue droite était profondément entamée. Je le rassurai :

« Ne vous inquiétez pas, vous survivrez à ce bobo, dis-je en récupérant la trousse à pharmacie.

— Non, non ! s'écria-t-il. Laissez tomber. Occupez-vous de cet assassin !

— O.K. ! Bon courage et... encore merci ! » fis-je en lui posant la trousse sur les genoux.

Décidément, je m'en voulais d'avoir sous-estimé cet homme. Il ne manquait pas de cran et je me jurai, si tout se passait bien, de lui faire envoyer une caisse de whisky.

L'autre en avait évidemment profité pour prendre le large et se cacher quelque part en me guettant de nouveau. Je frissonnai. Le train roulait toujours dans le tunnel et j'étais encore mal remis des coups assénés par mon adversaire — ce qui, ajouté au ballottement des wagons, ne contribuait guère à mon équilibre...

Lorsque je passai à hauteur du troisième véhicule, le chauffeur alluma lui aussi le plafonnier. L'homme et sa compagne avaient l'air aussi terrorisés l'un que l'autre. La jeune fille rabattit précipitamment sa jupe sur ses genoux, mais ne pensa pas à refermer son chemisier. Je ne m'attardai pas. Je venais en effet d'apercevoir une ombre quelques mètres plus loin. Je pouvais me tromper, mais il était inutile de prendre le moindre risque.

Il était formellement interdit d'allumer ses phares dans le tunnel pour ne pas perturber le conducteur de la locomotive, mais tous les automobilistes allumèrent leur plafonnier, et ce fut suffisant pour que je n'aie plus à avancer en aveugle. Pourtant je ne vis aucune trace de l'ennemi et aucun automobiliste ne me proposa ses services ni même ne baissa sa vitre pour me renseigner sur l'endroit où le démon avait pu se cacher. Je ne sollicitai d'ailleurs aucun renseignement, sachant que les gens racontent n'importe quoi lorsqu'ils ont peur.

Le tunnel amorça un virage, je sentis les effets de la force centrifuge et dus me retenir au grillage pour ne pas tomber.

Il n'y avait plus que deux voitures entre la locomotive et moi.

Aurais-je dépassé Thomas sans m'en apercevoir ?

Était-il monté sur le toit des wagons ?

Tout à coup, je devinai un mouvement dans mon dos.

Je me retournai...

Il était là, à deux mètres, ramassé sur lui-même, prêt à bondir...

Je tirai d'instinct.

A une aussi courte distance, impossible de le manquer.

Et pourtant...

La fatigue, la pénombre, ce fichu train qui cahotait et penchait dans le virage... Ma balle alla s'égarer je ne sais où. Heureusement, mon adversaire subissait le même handicap. Il bondit, mais me rata et alla heurter le coffre de la voiture à côté de moi. Sa lama raya la carrosserie et je devinai plus que j'entendis le hurlement de terreur des passagers.

Je reculai vivement, rassurai d'un geste les automobilistes qui ne pensaient qu'à une chose : verrouiller les portières, puis je cherchai Thomas des yeux.

Ce fils de chien avait encore disparu...

Pas pour longtemps.

Il s'était accroupi entre deux voitures et bondit dès que je passai à sa hauteur.

Son visage était déformé par la haine.

Je parvins de justesse à dévier le bras armé du couteau mais ne pus l'empêcher de m'agripper le poignet de sa main libre. Il était décidément agile comme un chat.

Je sentis ses ongles acérés se planter dans ma chair et grimaçai de douleur, tandis qu'il levait de nouveau le bras pour frapper.

Ma main tenant le pistolet était prisonnière et je n'avais pas la force de braquer l'arme sur lui.

Je me servis de mon autre main pour parer le coup de couteau qu'il essayait de me porter. Bras levé, je détournai la lame meurtrière.

Mais je n'aurais pas toujours autant de chance...

Il frappa encore une fois, latéralement. Un coup difficile à parer. Je vis la lame tachée de sang passer à quelques centimètres de mon ventre tandis qu'il hurlait :

« J'aurai ta peau, Sinclair ! J'aurai ta peau, même si je dois y laisser la mienne ! »

Je tentai alors le tout pour le tout et, me serrant contre lui, je lui expédiai un coup de genou dans le bas-ventre...

Je n'avais pas affaire à un zombi, et Thomas n'était pas insensible à la douleur. Il se plia en deux et je vis sa bouche s'arrondir sur un cri qui ne parvint pas à sortir.

Je lui expédiai deux autres coups de genoux, avec toute la rage dont j'étais capable.

Il lâcha prise, porta les mains à son ventre et se recroquevilla sur lui-même. Le vacarme du train recouvrit son gémissement.

Je lui expédiai un ultime coup de pied pour faire bonne mesure.

Et le hasard vint à mon aide.

Projeté en avant, son corps alla rouler jusqu'à l'endroit précis où, entre deux wagons, il n'y avait pas de grillage de sécurité. Je le vis basculer dans le vide et disparaître.

Les roues du train firent le reste...

Je demeurai quelques instants immobile à reprendre mon souffle et à attendre que mon rythme cardiaque redevienne à peu près normal.

Quand le train sortit du tunnel, effondré sur le coffre d'une voiture, je n'avais toujours pas retrouvé mes esprits...

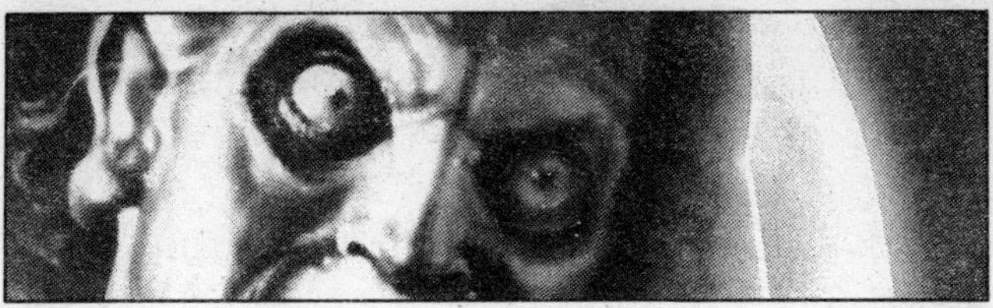

ÉPILOGUE

On me conduisit à l'hôpital, où je sombrai dans un profond sommeil.

Lorsque j'ouvris les yeux, trois hommes entouraient mon lit : deux policiers et un médecin.

« Traumatisme crânien, expliquait celui-ci. Mais heureusement votre collègue a la tête dure... »

Me voyant ouvrir les yeux, un des policiers s'adressa à moi :

« Reposez-vous. On discutera plus tard.

— Non, non, allez-y, mais donnez-moi à boire... Merci, dis-je au médecin qui me tendait un verre d'eau.

— On nous a prévenu depuis Kandersteg, déclara l'autre policier. Un certain M. Stahlmenger... Qui êtes-vous exactement ? »

Je leur tendis ma carte de Scotland Yard et leur donnai une version des événements susceptible d'être acceptée par deux braves flics spécialisés dans la délinquance ordinaire : j'avais mis hors d'était de nuire un meurtrier dangereux qui avait fait un carton dans un hôtel de Kandersteg.

Ils auraient eu trop de mal à ingurgiter l'histoire des trois zombis et on pouvait compter sur la discrétion de ceux qui "savaient". Les clients de l'hôtel corroboreraient ma version...

Après leur départ, je demandai à entrer en communication avec le bureau de Sir James à Londres.

« Ce fut une drôle de fête des pères ! » lançai-je sans préambule. Puis je lui racontai toute l'histoire en détail. « Au fait, déclarai-je pour finir, je crains d'avoir à vous demander un supplément de note de frais...

— Et pourquoi cela ? Vous avez fait la bombe avec les zombis ? proféra Sir James en se renfrognant.

— Je compte offrir une caisse de whisky à

l'automobiliste qui m'a sauvé la vie, dis-je sur un ton de grande dignité.

— Bon, bon, c'est d'accord, grommela mon supérieur. Mais ne traînez pas à Kandersteg... »

Je n'en avais aucune envie.

IMPRIMÉ EN FRANCE PAR BRODARD ET TAUPIN
Usine de La Flèche, 72200.